책에서 한 달 살기

책에서 한 달 살기

한 권의 책을 한 달 동안 읽으면
어떤 일이 일어날까?

하지희 지음

xbooks

차례

프롤로그

#1. 작고 소중한 책 한 권

책 한 권 산다고 생활비에 크게 무리가 가는 것도 아니고, 늦은 밤 침침한 촛불 아래에서 눈을 비벼가며 책을 읽어야 하는 것도 아닌 시대에 사는 나는 운이 좋다. 당장 부모님 이야기만 들어 보아도 쉽게 책을 구할 수 있게 된 건 얼마 되지 않았다고 하니, 편하게 새 책을 사 읽을 수 있는 나는 책과 어울려 살아갈 수 있는 최적의 환경에 있음이 분명하다.

어렸을 땐 책을 조금 더 소중히 여겼다. 지금처럼 인터넷 서점에서 다양한 책을 쉽게 구할 수 있었던 것도 아니었고, 학교 앞에서 떡볶이 사 먹고 싶은 욕구를 열댓 번 정도 참아낸 대신 책 한 권 쥐고 뿌듯하게 서점을 나오는 재미도 느껴 보았다. 만 원이 아주 큰돈처럼 느껴졌던 그 시절엔 책 한 권을 사면 다음 책 살 돈을 모을 때까지 같은 책을 몇 번이고 읽고 또 읽으며 지냈다. 그 시절 내 책장에 꽂혀 있던 작고 소중한 책 한 권 한 권은 아직도 기억나지만, 이상하게도 학교를 졸업하고 책 한 권 정도는 쉽게 살 수 있을 만큼의 여유가 생긴 후부터 책장에 꽂아 둔 책들은 별로 기억나지 않는다. 많이는 아니어도 분명 책을 읽기는 했는데, 딱히 기억에 남는 문장이나 달달 외고 있는 대화문 하나 없었다. 학생 때 읽었던 『오페라의 유령』의 어두컴컴한 분위기나 『밤의 피크닉』 속 체육복 차림의 학생들이 나눈 대화는 생생하게 떠올릴 수 있는데 말이다.

책은 읽는 동안 즐거우면 된다. 기억나지 않는다고 해서 그날의 독서가 무의미한 것은 아니다. 다른 사람들에게 가르쳐야 하는 선생님이 아닌 다음에야 굳이 내용을 외우고 있을 필요는 없다. 마치 여행처럼 순간을 즐기기만 하면 될 뿐, 보고 들은 것을 모두 습득하고 기억해 둘 의무는 없다.

그런데 책을 많이 읽고 여행도 많이 할수록 오히려 더 많이 읽고 더 다양한 곳을 경험해야 한다는 혼자만의 부담 때문에 피곤하고 답답해졌다. 순간순간을 즐기는 것도 좋지만 뭔가 놓치고 있는 기분이 들었다. 소중함. 책도 여행도 더는 소중하지 않았다. 이야기가 끝나 가는 것이 아쉽고, 책이 닳을까 조심스럽고, 어렵게 온 여행의 풍경 하나하나를 놓치고 싶지 않아 두 눈을 부릅뜨던 그 소중했던 마음이 지금의 내겐 없었다. 엘레나 페란테의 『나의 눈부신 친구』에서 "어찌나 많이 읽었는지 책은 이내 너덜너덜해졌다. 책등이 뜯어지고 실이 풀어지기 시작했다. 책장도 나달나달해졌다. 하지만 그 책은 우리의 책이었고 릴라와 나는 그 책을 너무나 사랑했다"라고 한 주인공처럼, 너무나 사랑했고 소중했던 책 한 권에 온 마음과 시간을 다 내주었던 경험. 그 마음을 다시 가져 볼 순 없을까. 그런 책을 다시 만날 수 없을까. 황홀했던 그 여행의 기억을 재현할 순 없을까.

#2. 한 권의 책을 한 달 동안 읽으면 어떤 일이 일어날까

마침 지금의 내 책장은 어릴 적 책장의 모습과 별다른 차이가 없다. 아니, 오히려 더 열악하다. 그럴 만한 이유가 있다. 책을 마음껏 사 볼 수 있는 나이가 되자마자 프랑스로 유학을 와 버렸기 때문인데, 아주 작거나 조금 덜 작은 집으로 자주 이사를 다녀야 했던 유학생 시절, 책은 곧 짐이었다. 캐리어 하나를 넘기지 않는 선에서 책을 남겨야 했는데, 그렇다고 그렇게 남긴 책들을 소중하게 다루며 읽고 또 읽었던 건 아니다. 한국어로 된 책을 구하는 건 돈이 많이 들고 중고로 되파는 게 어렵기까지 해서 별로 취향이 아닌 책들도 그저 이고지고 다녔던 것뿐이다.

그러다 거의 모든 책을 놓아주어야 하는 날이 왔다. 책을 팔아 빵을 사 먹은 건 아니고, 아주아주 작은 집으로 이사했기 때문이다. 3년 전, 남편과 상의 끝에 둘 다 직장을 그만두고 2평도 채 안 되는 미니밴에서 살아 보기로 했다. 당시 나의 하루는 내 책장에 꽂힌 책들 같았다. 비용이 많이 들었고 되팔기도 힘들어 그저 적당히 꽂아 두고 먼지만 쌓여 가는 날들이 안쓰러웠다. 나와 남편 모두 소중한 인생을 살고 있다는 걸 느껴 보고 싶었고, 얼마 후 우린 안정적인 직장과 가진 짐 대부분을 정리하고 여행길에 올랐다.

밴으로 이사를 준비하는 동안, 아주 오랜만에 가진 책을 전부 꺼내 하나하나 살펴보았다. 아주아주 작은 집엔 아주아주 작은 책장 하나뿐이니 서너 권의 책만 남길 수 있었다. 사 놓고 한 번도 끝까지 읽어 본 적 없는 책도, 다 읽었고 내용도 기억나지만 어느 누구에게도 추천하고 싶지 않은 책도 몇 년째 그대로 꽂혀 있는 책장이 낯설었다. 내 책장인데 내 책들이라고 말하기는 어려웠다. 이제 딱 세 권만 가질 수 있다. 괜히 욕심부려 산 어려운 책이나 보기만 해도 한숨이 나오는, 다시는 펼쳐 보지 않을 책에게 내줄 자리는 없다.

어렵게 골라낸 책 세 권을 남편의 책 세 권 옆에 가지런히 꽂았다. 그 어느 때보다도 볼품없는 숫자의 책이 꽂혀 있는 책장이 신기하게도 보기 좋았다. 보면 기분 좋아지는 책만 골라 넣었으니 당연한 일. 그 중 한 권을 꺼내 펼쳐 보았다. 이미 여러 번 읽었으니 단어 하나까지 모두 기억할 것이라고 생각했는데 예상외로 첫 장부터 낯설다. 어라, 이런 문장이 있었던가. 저번과는 또 다른 감정을 느끼면서 책을 읽어 내려갔다. 분명 알던 책인데. 10년 만에 첫사랑을 만난 듯 반가우면서도 어색하다. 지겹다고 생각했던 책인데, 더 알고 싶어졌다.

책을 좋아하지만 독서량이 그렇게 많은 편은 아니다. 대신 좋아하는 책이 생기면 다섯 번이고 여섯 번이고 계속 읽었다. 여행으로 치면 '10일 만에 5개국 정복!'보다는 '한 도시에서 한 달 살기'를 선호하는 편이다. 가진 책도 별로 없고, 외국에서 새로운 책을 자주 사는 것도 어려우니 이 상황을 이용해서 '책에서 한 달 살기'를 해 보는 건 어떨까. 한 권의 책을 한 달 동안 읽으면 어떤 일이 일어날까. 문득 궁금해졌다. '일단 해 보고 어떤 일이 일어나나 지켜보자'라고 생각하니 마음이 한결 편해졌다. 게다가 나에겐 '덕질'이라는 재능이 있다. 좋아하는 영화는 대사를 외울 때까지 보고 또 보고, 재미있는 드라마를 발견하면 삼일 밤을 새워서라도 다 보고 마는 내가 아닌가.

이제 책을 고르는 일이 남았다. 평소에 책을 빌리기보다는 사서 읽기 때문에 조금 깐깐하게 고르는 편인데, 이번엔 더욱 신중해야 했다. 이러나저러나 한 달 내내 함께 살아야 할 책이다. '딱 한 달만 만나기'로 약속하고 간 소개팅 자리에 나온 사람이 최악이라면 얼마나 고역일까. 그래서 몇 가지 기준을 정해 보았다. 첫째, 한국 작가의 책일 것. 둘째, 같은 출판사의 책은 피할 것. 셋째, 너무 두껍지 않은 책일 것. 이번 기회에 더 많은 한국 작가들의 작품을 접해 보고 싶었고, 기왕이면 다양한 출판사의 책을 읽어 보고 싶었고, 너무 두꺼운 책은 한 달 동안 여러 번 읽고 정리하기 힘들 것 같다는 현실적인 판단에서 나온 기준들이다.

직장을 그만두었기 때문에 시간이 많지만, 살 듯이 하는 여행에서 다른 일들이 기다리고 있다. 매일 밴을 세워 둘 수 있는 적당한 장소를 물색하고, 깊은 산속에 들어가야 하는 날이면 미리미리 장을 보고 기름도 물도 채워 두어야 하고, 비 소식이 들리면 미리 손빨래해서 제때 말려야 하는 등 잔잔한 일들이 넘쳐난다. 거기다 놓치기 아쉬운 여행지를 만나면 열심히 보러 다니기도 해야 한다. 이렇게 이미 '한 달 살기 여행'을 이어 가고 있는 와중에 또 '책에서 한 달 살기'를 할 여유가 있을까?

한 권의 책을 한 달 동안 읽으면 어떤 일이 일어날까. 아직 해 보지 않았으니 알 수 없다. 지금 시작하지 않으면 영원히 어떤 일이 일어날지 알 수 없을 것 같았다. 지금까지 이런 마음으로 시작한 일 중에 후회되는 일은 없었다. 무작정 욕심을 부려 요리를 배워 보겠다고 프랑스로 온 일도, 얼마나 오랫동안 이어 갈 수 있을지 짐작조차 가지 않는 밴 라이프를 시작한 일도, 글 쓰는 일은 늘 어렵지만 끝내 글과 책 곁에서 살아가기로 마음먹은 일도, 일단 시도해 보았기 때문에 의미 있는 경험으로 남을 수 있었던 것이다. 지금의 나는 '이걸 해 보면 어떤 일이 일어날까' 하는 수많은 궁금증이 만들어 냈다. 그러니 이제 시작하는 일만 남았다. 첫째 날이 밝았고, 첫 책을 꺼내 첫 장을 펼쳤다.

서점과 책이 그리워지는
책에서의 한 달

『사적인 서점이지만 공공연하게』

정지혜 | 유유 | 2018

저도 책을 사랑합니다

우선 당장 한 달 살기를 시작하려면 책을 가지고 있어야
해서 첫 번째 책은 가지고 있던 책 중에서 골랐다. 전자
책보다는 종이책으로 읽으면서 '책'이라는 물성을 한 달
내내 제대로 감상하고 싶었는데, 내가 가지고 있던 한글
로 된 종이책은 단 세 권뿐이었다. 서간집 한 권, 심리학
도서 한 권, 에세이 한 권. 세 권 다 좋아하는 책이고 이
미 몇 번씩 반복해서 읽은 책이다. 그중에서 최근 내게
가장 직접적으로 영향을 주었고, 한 달 살기의 첫 책으로
알맞다고 생각한 『사적인 서점이지만 공공연하게』를 이
번 달 여행지로 선정했다. 앞으로 매달 책을 선정하는 일
이 꽤 중요할 텐데, 서점 주인의 이야기를 제대로 들어
보면 도움이 될 것 같다는 생각도 결정에 한몫했다.

서점 주인이 쓴 책이라는 게 처음엔 낯설었는데, 작
고 특색 있는 동네서점들이 하나둘 늘면서 서점 주인
의 이야기가 담긴 책들도 그와 함께 늘어나기 시작하는

게 보였다. 그중에서도 이 책에 가장 먼저 눈이 간 건, 제목에서도 알 수 있듯 '한 사람만을 위한 서점'을 운영하는 주인의 이야기이기 때문이다. '사적인 서점'은 정해진 시간에 단 한 손님에게만 문을 여는 서점이자, 서점 주인과 손님 단둘이서 대화를 나눈 후 손님에게 맞는 책 한 권을 처방하는 서점이다. 앞으로 함께할 한 달 살기의 책들을 고를 때 도움이 될 만한 '사적인 처방'을 받을 수 있으리란 기대를 품고 책을 펼쳤다.

하지만 사실, 서점 주인이 쓴 이야기에서 한 달 내내 산다는 것은 내게 꽤 위험한 시도이기도 하다. 한국의 서점에 가서 편히 책을 고르고 사고 읽는 행위가 훨씬 더 그리워질 게 뻔하니 말이다. 책과 나에게만 집중하고자 고른 여행지에서 향수병을 앓게 될지도 모르는 일이다. 그래도 난 이 책을 읽기로 했다. 한국에 가고 싶은 마음이 폭발할지언정, 책으로 내 한 달을 소중히 채우고 싶어 시작한 일인 만큼 책을 사랑하는 마음이 가득한 서점 주인의 따뜻한 이야기에 내 한 달을 온전히 맡겨 보고 싶다. '한 사람만을 위한 서점 운영기'라는 가면을 쓴 '한 사람이 만들어 낸 세계'에 흠뻑 빠져들고 싶다.

진심으로 사랑하는 존재에 둘러싸여
살아간다는 것은

미련한 일일 수는 있어도 의미 없는 일은 아닐 것이다

내가 이 책에 살았던 한 달 동안 남편은 땅 매물을 살펴
보고 있었다. 당장 땅을 살 계획도, 돈도 없지만, 천천히
지역이나 매물을 공부해 두기로 했기 때문이다. 우리가
땅을 산다면 하고 싶은 일이 세 가지가 있다. 첫 번째는
에너지와 자원을 거의 소비하지 않고 직접 작은 집을 짓
는 것. 두 번째는 영생 농업을 공부해서 힘을 많이 들이
지 않고 소규모 유기농 농사를 짓는 것. 세 번째는 그렇
게 지은 집에서 직접 기른 작물로 작은 원테이블 레스토
랑을 운영하는 것. 얼핏 쉬워 보이지만 무척 어려운 꿈이
다. 남의 손을 빌리지 않고 모두 우리가 직접 해야 하기
때문에 공부도 많이 필요하고, 서류상의 문제도 꽤 복잡
하다. 이렇게 먹고살 수 있을지 확신이라곤 하나도 없다.
　우리가 부동산 사이트의 비현실적으로 느껴지는 숫

자와 크기에 헤매고 있는 동안 이 책에서도 서점으로 쓸 공간을 찾기 위해 월세의 마지노선을 계산하며 머리를 싸매는 장면에 눈길이 갔다. 어떤 책에 이따금 돈 계산하는 부분이 나오면 내 머릿속은 빠르게 굴러간다. '이만큼 해서 이만큼이니까 이만큼 버시는 거겠네', '나라면 이만큼 받아서 이만큼 더 벌 텐데', '나는 이만큼 받아서 이만큼 벌 수 있긴 할까?' 우리는 월세를 내지 않는 우리 집에서 가게를 운영할 생각이고(이 부분에서 서류가 꽤 복잡해진다), 자급자족에 가까운 형태로 먹고살 생각이기 때문에 생활비 부담이 적다. 덕분에 돈을 많이 벌지 않아도 되긴 하지만 그렇다고 너무 저렴하게 우리의 에너지를 팔고 싶지는 않다. '내가 세상 물정 모르는 걸까? 아무리 좋은 재료로 품을 들여 만든 상품이라도 값이 비싸면 사람들이 외면하지 않을까? 일주일에 며칠만 문을 열고 예약제로 운영해서 일정 수준의 삶의 질을 유지하면 더 나은 서비스를 제공할 수 있다는 말을 사람들이 믿어 줄까?'

며칠 내내 책에 집중하기 힘든 상황이 이어졌다. 그리스 아테네 시내 한가운데에 위치한 주차장에 겨우 자리를 잡았는데, 당연하게도 문을 마음대로 열어 두거나 조용히 지내기엔 불편했다. 그런 상황에서 두 시간 정도를 내어 책을 읽기란 쉽지 않았지만 그렇다고 불가능한 일은 아니었다. 밖으로 나가기 전 한 시간, 피곤한 몸을 이끌고 돌아온 저녁에 한 시간, 아테네를 벗어나 서울의 사적인 서점으로 여행을 떠났다. 저자는 '좋아하는 일을 나답게 즐겁게 지속 가능하게' 하기 위해 안정적인 직장도 그만두고 홀로 서점을 시작했다. 과연 성공할까 싶은 아직 누구도 시도한 적 없는 독특한 콘셉트로, 그것도 서울에서 말이다.

요 며칠 동안 아테네의 여러 동네를 다니며 다양한 모습의 가게들을 보았다. 관광객을 노린 자본이 풍부하고 입지 좋은 가게들 사이에서 작지만 주인의 개성과 애정이 묻어나는 소상공인의 가게를 몇 군데 만날 수 있었다. '당신이 아니어도 팔 사람은 많다'라는 느낌이 드는 큰 가게에 들어설 때와는 달리 모든 손님에게 최선을 다하고 자부심을 가지고 일하는 주인들을 만나면 어쩐지 절로 응원하는 마음이 생겼다. 삶의 고단한 현장을 매일 마주하며 읽은 탓인지 책 속 작은 서점의 노력도 조금 더 생생하게 다가왔다.

또 그 반대로 책 덕분에 내가 만나는 소상공인들이

얼마나 고민하고 노력해서 지금을 이루어 내었는지도 조금은 더 가늠하게 된 것 같다. 책에서 말하듯, 응원하는 마음을 '투표적 소비'로 대신하는 것이 그들에게 얼마나 큰 힘이 되는지도. 그렇게 서로에게 건네는 '감사합니다'라는 인사에 진심이 담겨 있다는 걸 알게 되어 기뻤다. 좋은 품질의 상품을 만드는 데 집중하고, 그에 합당하다고 판단되는 가격을 매겼을 때, 사람들은 기꺼이 '투표적 소비'를 할 것이라는 믿음을 배웠다. 내가 사적인 서점이 추구하는 가치를 이해하고 응원하는 것처럼, 진심을 다하면 사람들은 알아줄 것이라고.

좋아하는 일에 진심을 다하는 것. 좋아하던 일마저 성공에 대한 욕심 때문에 질려 버리게 만드는 내겐 익숙하지 않다. 그런 내 초조함을 읽기라도 한 듯, 책이 또 다른 힌트를 주었다. '좋아하는 일을 찾았는데 주변의 반대가 심해서 어떻게 해야 할지 모르겠다며 찾아온 손님'에게 처방한 서균의 『책 낸 자』에 대한 이야기에 시선이 머물렀다. '성공 여부와 상관없이 자기 안에서 변화를 이끌어 내는 사람의 이야기를 전해 주고 싶어서 고른 책'이라는 말에 나도 한번 읽어 보고 싶었다. 아니, 10년 전의 나에게 그 책을 선물하고 싶었다.

10년 전 나는 프랑스로 요리 유학을 오겠다는 마음을 굳힌 상태였지만 이 일화 속 손님의 고민처럼 주변의 반대가 심했다. 별의별 비난도 다 들어 보았고 만나는 사람마다 '왜 유난을 떠냐'라고 할 때 대답할 적당한 말을 찾지 못해 가슴속에 상처가 가득했다. 결국 어찌어찌 유학을 오긴 왔는데 보이지 않는 시선이 느껴지는 것 같다. 이렇게 난리를 쳐서 유학을 왔으니 꼭 성공해야 한다는 부담감에 기껏 온 프랑스에서 밖을 둘러볼 여유도 없이 책에 코를 박고 살았다. 결국 나는 '성공'하지 못했다. 원하던 요리 학교도 무사히 졸업하고 취직도 했었지만 지금은 다 그만두고 나 하고 싶은 일을 하며 산다. 벼르던 성공을 눈앞에 두고 포기했는데도 괜찮았다. 저자의 말처럼 내 삶에서는 내 선택만이 정답이라는 걸 천천히 알게 되었으니까. 그런데 10년 전의 나는 그걸 알지 못했다. 성공하지 못할까 봐 너무 무서웠다. 한국에서 대학도 그만두고 왔는데 이대로 아무것도 이루지 못하고 귀국하면 영원한 실패자가 되어 버릴 것 같아서, 어쩐지 다들 그런 결말을 기대하고 있다는 생각에 감히 '성공 여부와 상관없이'라는 말을 쳐다볼 용기도 안 났다.

저자는 편집자에서 서점 직원으로, 서점 직원에서

서점 주인으로 직업을 옮겨 가는 과정에서 수없이 많은 일을 겪는다. 그때마다 옳은 선택을 한 것인지에 대한 두려움은 늘 따르지만 결국은 일단 경험해 보는 것이 중요하다고 말한다. 책 한 권을 한 달 동안이나 읽는 일이 누군가에겐 미련한 짓으로 보일지 모른다는 생각도 했었다. 우습게도 별다른 이득을 바라지 않는 독서에서조차 성공 여부를 따진 것이다. 과연 이 한 달 살기를 성공적으로 마칠 수 있을까, 내게 도움이 되는 일일까 싶은 불안감을 안은 채 펼친 첫 책이 내게 가르쳐 주었다. 일단 시작하라고. 미련한 일일 수는 있어도 의미 없는 일은 아닐 것이라고. 의미 유무를 떠나 그저 경험할 수 있는 자유를 마음껏 누리는 데 집중하라고 말이다.

소상공인으로 살아갈 수 있을지 확신하지 못해 불안한 내게도, 10년 전 성공에 대한 욕심으로 속을 까맣게 태우던 내게도, 책에서 한 달이나 살아도 될지 의심하는 내게도, 저자의 이야기를 봉투에 곱게 담아 선물해 주고 싶다. 이대로 아무것도 이루지 못해도 괜찮다고, 분명 의미 없는 변화는 없을 거라고, 내 선택을 믿으면 된다고 말이다.

이 책을 첫 책으로 고르길 정말 잘했다.

한 달을 읽어도 즐겁습니다

일이 산더미처럼 밀렸다. 아침에 일어나자마자, 밥이 익기를 기다리는 몇 분 동안에도, 함께 영화를 보자는 유혹 속에서도 일을 해야 했다. 겨우 하루치의 일을 끝내고 잠자기 전 침대에 누워 두 시간 동안 책을 읽었다. "이미 여러 번 읽었다며. 그럼 내용도 꿰고 있을 거 아냐? 그런데 굳이 또 읽어야 할 이유가 있어? 그 시간에 잠을 더 자거나 다른 취미 생활을 해도 좋잖아." 남편이 진심으로 궁금한 표정으로 물었다. 그러게, 누가 검사하는 것도 아닌데 난 왜 굳이 오늘 또 책을 펼치는 걸까.

'우리는 즐거움을 위해 책을 읽어야 해요.' 사적인 서점에서 기획한 독서 캠페인에 인용된 보르헤스의 말이다. 의무가 아니라 즐거움을 위해 책을 읽어야 한다는 말. 그럼 지금 내가 하고 있는 책에서 한 달 살기는 의무감 때문일까, 아니면 즐거움 때문일까? 문득 그런 의문이 들었다.

한 달의 기한을 정해 읽는다는 '미션'을 하고 있는 거니 형태로는 의무에 가깝다. 혹시 나는 지금 책을 잘못 읽고 있는 건 아닐까. 독서에 정해진 형태는 없지만 즐거움을 위해 책을 읽어야 한다는 데는 동의한다. 그럼 나는 내가 추구하는 독서의 목적에 반하는 행동을 하고 있는 걸까. 뭔가를 잘해 보려고 시작한 일이 오히려 나를 망치고 있는 건 아닐까. 이런 저런 생각이 들면서 머릿속이 복잡해졌다.

그래도 꿋꿋하게 한 번 더 책을 정독했다. 마지막 책장을 덮은 뒤 든 생각은 '아, 재밌었다'. 이게 어떻게 가능할까 싶어 나도 신기하다. 한 달 가까이 같은 책을 읽는데도 읽을 때마다 킥킥 웃고, 생각에 빠진다. 남편에게 재미있는 구절을 프랑스어로 번역해 주기도 한다. 억지로 해야 할 일이 아닌데 계속해서 같은 책을 펼치고, 읽고, 새로운 부분에 밑줄을 긋고, 새로운 생각을 하는 나. 분명 어제도, 그저께도, 열흘 전에도 읽었던 똑같은 책인데 매번 다른 생각과 다른 감정을 느낀다.

책은 참 신기하다. 읽을 때마다 다른 생각을 하게 한다. 이미 다 아는 내용을 여러 번 읽는 게 고역인 사람도 있겠지만 나는 알고 있어도 좋아하는 부분을 자꾸 반복해서 접하는 걸 좋아하는 사람이다.

다시 읽기, 그건 '반복하기'가 아니라, '지치지 않는 사랑에 대해 항상 새로운 증거를 주는 것'이다.

다니엘 페나크Daniel Pennac의 『소설처럼』Comme un Roman이
라는 책을 프랑스 원서로 읽다 발견한 문장을 내 나름대
로 번역해 노트에 적어 두었다. 지치지 않는 사랑. 책을
읽고 또 읽을 때마다 나는 그런 사랑을 발견한다. 다행이
다. 형태는 의무를 띠고 있지만 내게 한 달 살기는 결국
즐거움이라는 걸 깨달았다. 즐거움을 위해 책을 읽는다.

책 읽는 모습이 근사한 세상

내게 책의 재미를 알려 준 건 당연하게도 내가 읽은 책
들이었다. 집에 꽂혀 있던 학습 만화가 재미있었고, 학
교 도서관에서 빌려 읽은 동화책이 재미있었다. 인터넷
도 없고 텔레비전 채널도 몇 개 없던 시골에서 자란 나
는 책이 들려주는 세상 이야기가 정말 좋았다. 책 덕분에
여러 직업에 대한 이야기도 알게 되었고, 책 덕분에 사람
사는 모습은 참 다양하다는 것도 배웠다. 학교에서는 공
부를 열심히 하지 않으면, 제대로 된 직업을 가지지 않으
면 큰일 날 것 같이 이야기했지만 책은 달랐다. 책은 세

계 각국 사람들의 삶을 이야기하면서 '세상엔 이렇게 재미있는 삶이 많이 있다'고 다정하게 알려 주었다. 그런 책들 덕분에 지금도 이런저런 시도를 겁내지 않고 살아갈 수 있다고 믿는다.

이 책에서도 책이 알려 주는 다양한 삶의 모습을 믿는 사람들이 등장한다. 그 중 한 고등학교 축구부 선생님이 축구부 아이들을 위한 작은 도서관에 책을 납품해 달라고 문의했다는 이야기가 마음에 오래 남았다. 축구부의 모든 아이들이 축구를 계속할 수는 없기에, 책을 통해 축구가 아니어도 다양한 진로가 있음을 알려 주기 위해서라고 했다. 아이들에게 꼭 축구로 성공해야 한다고 압박하는 대신, 자신의 길을 잘 선택할 수 있게끔 기회를 주고 싶다니. 그런 부탁을 받아 책을 고르는 일도 참 멋지다고 생각했다. 좋은 책을 읽는 것만큼이나 책을 둘러싼 사람들의 이야기를 듣는 건 기분 좋은 일이다. 책이 인생을 망쳤다는 이야기는 들어 본 적 없다.

이렇게 재미있고 유익하고 인생을 망칠 위험도 적은 책이 왜 점점 외면당하는 걸까. 저자는 서점 주인으로서 책을 사랑하는 마음을 마음껏 드러낼 수 있다는 게 장점이라고 말하지만, 책을 팔아 먹고살기 힘든 현실에 좌절하기도 한다. 이는 대형 인터넷 서점의 장벽 때문이기도 하고 책을 읽는 사람들이 점점 줄어든다는 근본적인 상황 때문이기도 하다.

여기에 저자는 재치 있는 의견을 제시한다. "사람들이 점점 책을 읽지 않는 데에는 여러 이유가 있겠지만 책 읽는 행위가 그다지 매력적으로 보이지 않는다는 점도 영향을 끼치지 않았을까? 책 읽는 모습이 근사해 보여야 다른 이들도 따라 읽고 싶어질 테니까"라고. 좋아하는 배우의 영화 속 모습이 멋져 보여 남몰래 따라하게 되는 마음처럼, 좋아하는 이의 책 읽는 모습이 좋아 오랜만에 책을 펼치던 때가 나에게도 있었다.

얼마 전 읽은 박선아 작가의 『어떤 이름에게』에 나온 이야기가 떠올랐다. 사람들이 새 가방을 사고 길거리를 뽐내며 다니듯 손에 책을 들고 다니는 게 유행이 되는 세상에 대한 이야기였다. '어, 저 책은 못 보던 건데. 내 스타일인데 어느 출판사 책이지?' 하며 남의 책을 흘끗흘끗 눈여겨보고, 아침 출근길에 '오늘은 어떤 책을 들고 나가 볼까' 하며 고민하는 상상에 나도 덩달아 기분이 좋아졌다. 자신의 독서 취향을 음식 취향만큼이나 잘 알고 있고 그것에 대해 자연스럽게 대화를 나누는 모습을 자주 만날 수 있다면 어떨까. 내가 들고 있는 책을 보고 '오! 나도 이 책 정말 좋아해요'라고 말을 걸어 준 낯선 사람과 친구가 되는 날도 있지 않을까. 허리춤에 낀 책을 뽐내고 탐내고 아끼는 마음을 숨기지 않는, 책 읽는 모습이 근사한 세상에서 살아갈 날을 꿈꾸며 한 달을 마무리했다.

친구로 남을 책 한 권

작년에 산 책인데 벌써 책이 너덜너덜해졌다. 포스트잇이 덕지덕지 붙어 있고 여기저기 접힌 책을 보니 도서관에서 빌려 보던 책이 생각났다. 손때가 타서 누렇게 변한 종이와 가끔 눈에 띄는 사람들의 흔적, 구겨지고 쭈글쭈글한 표지. 나는 그 낡은 책들이 좋았다. 많은 사람이 이책을 읽었구나, 어떤 생각을 했을까, 나와 같은 생각을한 사람은 아마 없을 테지 하면서 공상하는 게 좋았다.

지금 내 눈앞에도 그때 도서관에서 보았던 것처럼 많이 해진 책이 있다. 그런데 이 책은 나 혼자 읽은 책이다. 혼자서 읽고 또 읽었다. 그러면서 조금씩 기록을 남겼고, 그 기록들 덕분에 비록 나 혼자 읽은 책이지만 혼자 읽은 것 같지 않은 기분이 들었다. 거기엔 나뿐만 아니라 남편도 등장하고 여행하며 만난 사람들도 등장하고 저자도 등장하고 서점도 등장한다. 사람들이 도서관에서 책을 대출해 읽고 남긴 코멘트를 보는 것 같은 착각이 드는 건 그래서다.

여태껏 해 본 적 없었던 책에서 한 달 살기라는 독특한 독서 여행을 시작하면서 초반엔 자주 외로웠다. 아무도 눈 흘긴 적 없지만 괜한 일을 벌인 건 아닐까 싶어 아무에게도 '책에서 한 달을 살아 보려고'라고 말하지 않았는데, 그 결과 딱히 조언을 구할 만한 곳이 없었다. 어영부영 일단 읽기 시작한 책과 내가 남긴 기록들에서 내가 이 한 달 살기를 이어 가야 할 이유를 찾을 수 있었다. 이 책을 첫 책으로 선택해서 다행이라고 남긴 메모를 보았다. 한 달 살기를 마친 지금도 그런 생각이 든다. 이 책이 앞으로도 좋은 책을 선택할 수 있도록 조언해 줄 친구 혹은 가이드로 곁에 든든하게 남아 줄 것이라고.

이 책은 분량도, 내용도, 무겁지 않았다. 그렇지만 읽고 떠오르는 사유는 꽤나 묵직했다. 저자가 운영해 온 서점의 발자취에서 수많은 힌트를 얻어서 행복했던 지난 한 달이었다. 이제야 앞으로 이어질 다른 한 달 살기 여행 준비를 제대로 마친 기분이다.

슬픈 봄이 따뜻한
책에서의 한 달

『소란』
박연준 | 북노마드 | 2014

시인의 산문집은 늘 옳다

시, 시집, 시인. 평소 친하게 지내지 않던 세계의 단어들. 책 읽을 시간 내는 게 어려웠던 나날에 시집은 유독 뒷전이었다. 분명 산문집보다 짧고 얇은데도 더디게 읽히는 시집은 부담스러웠다. 단어 하나하나에 신경을 기울이는 일이 도무지 익숙해지지 않았다. 어쩌다 짬이 나고 욕심이 생겨 책을 펼치는 날에도 시인의 단어들엔 마음을 내주기가 쉽지 않았다.

한국에서 책을 보내 준다기에 무엇을 고를까 기쁘게 고민하다 한 추천 글에 시선이 멈췄다. '시인의 산문집은 늘 옳다.' 시인의 산문집이라니. 내게는 낯선 조합이건만, 누군가 그것이 '늘 옳다'고 한다. 찾아보니 절판된 책이어서 중고로 어렵게 구해 읽기 시작했다(지금은 새로 개정판이 나왔다).

『출판하는 마음』에 수록된 문학동네시인선 시리즈를 론칭한 김민정 시인의 인터뷰 중에서, 일부러 쉽게 읽히지 않는 폰트로 시집을 만들었다는 말에 감탄한 적이 있다. 『소란』도 그런 의도였을지는 모르겠지만, 보통 책에 쓰이는 폰트와는 조금 다른 느낌이다. 책의 모양처럼 조금 더 얇고, 자그마하고, 살짝 날카롭다. 일반적인 폰트에 익숙해져 있는 나는 정말 글이 쉽게 읽히지 않는다는 느낌을 받았다. 내용이 어렵다기보단, 빠르게 읽히지 않는 것이다. 그래서 자주 뒷걸음질 쳤고, 덕분에 숨은 의미나 시인만의 섬세한 표현을 한 번 더 되새겨 볼 수 있게 되었다.

폰트 때문인지, 시인이 고른 단어 때문인지, 산문집이지만 긴 시를 읽는 듯하다. 겨울을 보내 주며 천천히 숨을 고르고 끝을 짓는 마음으로 잔잔하게 읽어 나가고 싶다. 기나긴 여행을 시작하기 전, 너무 들뜬 기분을 달래며 차근차근 시작해 보라고 이달엔 '늘 옳은' 시인의 산문집에 짐을 풀었나 보다.

그래 본 적은 없지만 매달 애인이 바뀐다면 이런 기분일까. 가을엔 가을과 어울리는 섬세한 연인, 봄엔 봄과 어울리는 향긋한 연인. 본격적인 봄이 시작되는 지금, 마당에 가득 핀 복숭아 꽃처럼 하얗고 새초롬한 책과 시간을 보내게 되었다. 분명 좋을 것이다. 영화 「줄리 & 줄리아」에서 줄리가 요리가 좋은 이유를 '불확실함으로 가득 찬 하루를 보낸 후, 초콜릿과 달걀 노른자를 섞으면 걸죽하게 될 것이라는 확실함이 위안이 되기 때문'이라고 했던 것처럼, 당장 내일 무슨 일이 일어날지 모르는 불확실함 속에서 매일 이 책을 펼치는 순간만큼은 평안할 것이라는 확실함이 크나큰 위안으로 다가온다. 봄이다.

나도 그런 어른이 될 수 있을까

봄은 슬픔이 잘 어울리는 계절

꽃이 흐드러지는 계절, 책마저도 성큼 피어나는 듯하다. 하얀 표지와 빨간 속표지가 꽃봉오리처럼 화사하다. 부지런히 일하는 글들은 또 어떻고. 우연히 봄이 시작되려는 지금 이 책을 골랐는데, 정말 계절과 잘 어우러진다. 점심을 먹기 전, 숲을 바라보면서 책을 펼치면 누군가 정성스레 싸준 소풍 도시락을 펼치는 것만 같다. 책을 다 읽으면 진짜 점심은 직접 준비해야 한다는 게 조금 아쉽지만.

읽을수록 다르게 읽히는 책이 좋은 책이라면 나는 그간 좋은 책들만 만난 거구나. 운이 좋다. 봄과 슬픔이 어우러질 수 있다는 것을 처음 알았다. 어느 때보다 슬픔이 더 잘 어울리는 계절이었다. 자연에 가까이 살면서 하나씩 돋아나는 싹들과 피어나는 꽃들을 지켜보면 내 슬픔이 더 도드라진다. 슬플 틈 없이 부지런히 살아가는 자연에 빚을 지며 산다.

세상이 불안정한 듯 안정된 봄을 보내고 있다. 늘 이럴 준비가 되어 있었다는 듯, 아무렇지 않게 뿌리를 내리고, 꽃을 피우고, 어슬렁거린다. 주변은 고요하고 새소리, 개구리 소리, 사슴과 닭 울음소리만 무질서하게 들려온다. 가끔 나비가 귓전을 스치며 내는 날갯짓 소리에 화들짝 놀라기도 한다. '뭐 이 정도로. 봄 소리 처음 듣니?' 나비 등 뒤로 웃음소리가 들리는 듯하다. 책의 서문에서 저자가 하루살이를 잡아 보려다 우당탕 소리를 낸 일에 '가벼운 소란'이라고 이름 붙였다는 일화와 다를 바 없는 봄의 하루. 슬쩍 헛웃음 짓게 만드는 가벼운 소란들이 이번 봄에는 잦다. 내가 가진 슬픔도 하루살이, 벌, 파리, 나비, 사슴 등 뒤에 툭 얹어서 가벼운 소란으로 속아 넘길 수 있을 것 같다.

매일 아침 시인의 이야기들을 읽고 밖으로 나가니 보이는 것마다 다들 소리를 내는 듯하다. 철벅철벅 손 씻은 물이 바가지에 떨어지는 소리, 사그락사그락 매달아 둔 매 깃털이 서랍장에 긁히는 소리, 호오움 바람이 숲을 지나는 소리, 파삭파삭 남편이 낙엽 떨어진 숲길을 걷는 소리. 이 소리를 글로 어떻게 표현할 수 있을까 하고 귀를 기울이게 된다.

어릴 적 학교에서 시를 써 보라고 하면 다들 조용히 입에 연필을 물고 멍하니 칠판이나 창밖이나 책상을 쳐다보았던 장면이 떠오른다. 나는 앞 친구의 머리끈을 열심히 보곤 했다. 뭔가 멋있어야 할 것 같고, 큰 의미를 짧은 글 안에 함축해 두어야 할 것 같아서 너무 어려웠던 시 짓기. 차라리 지금 들리는 소리들을 글로 옮겨 보라고 했다면 뭐라도 술술 써냈을까. 옆 친구 연필 깎는 소리, 선생님 책장 넘기는 소리, 머리 위에서 선풍기 돌아가는 소리, 내 뱃속에서 나는 꼬르륵 소리. 제목처럼 이 책을 펼칠 때마다 고요한 아침이 무척 소란스러워진다. 바람 소리, 새소리, 남편의 숨소리 외엔 아무 소리도 없는데 하루 중 가장 소란스럽다. 귀를 자꾸 열게 하는 시인의 말소리 때문일 거라고 짐작한다. 그 옛날 좋아하는 시집 한 권씩을 옆구리에 끼고 다니던 엄마들의 학창시절을 그려 본다. 인터넷도 스마트폰도 없었던 그 시절, 분명 지금보다 아침이 더 소란스러웠으리라.

시간을 잘 대접해서 보낼 줄 아는 이

나는 어릴 적 자신의 취향에 몰두하는 어른을 만난 적이
별로 없다. 그래서 그것이 얼마나 멋지고 값진 일인지 잘
모르고 자랐다. 저자는 고모의 방에서 그런 것을 엿보면
서 자란 듯하다. 그렇다고 내 어린 시절이 불행하게 느껴
진다는 건 아니고, 그냥 그걸 조금 더 일찍 알았다면 내
삶은 지금쯤 어떻게 되었을까 궁금할 뿐이다.

　늘 '아무거나 다 좋아'라고 말하는 사람으로 살아왔
는데, 이젠 조금 후회가 된다. 나는 왜 확고한 취향이라
는 게 없을까. 무슨 음악을 듣냐고 물어 오면 뭐라고 답
해야 할지 모르겠다. 이것저것 유행하는 음악, 드라마에
나오는 음악, 고급스러워 보이는 음악을 듣는다. 그러다
곧 지겨워한다. 딱히 떠올릴 만한 좋아하는 작가도 별로
없었고, 있다 해도 나 외에도 다들 좋아하는 인기 있는
작가였다. 영화도 평범한 상업 영화를 적당히 찾아 보는
정도다. 좋아하는 것 하나에 빠지면 수없이 반복하며 듣
고 보고 읽었지만, 그것이 '확고한 취향'으로 이어지진
못했다. 특히 내 취향이 일반적인 범주를 벗어나면 나도
모르게 스스로에게 주의를 주었다. 그렇게 '안전한 취

향'을 곧 나의 취향이라 여기며 살았던 나날들. 좋게 말하면 시간 낭비를 덜 했고, 솔직히 말하면 특별한 추억이 별로 없다.

어떤 것에 지나치게 몰두하는 것을 늘 경계하며 살아왔다. 이것저것 무난하게 섭렵하고 적당히 좋아했다. 처음 만나서는 나이나 부모님의 직업이 아니라 음악 취향과 좋아하는 작가를 묻는 게 보통인 프랑스에 와서 여러 번 머뭇거리고 나서야 내게 확고한 취향이 없다는 걸 알아챘다. 그에 비해 남편은 월급을 전부 쏟아부어 DVD 수집에 열을 올려도 민망해하긴커녕 자부심이 넘쳤고 수집품에 대해 끊임없이 이야기했다. 그의 표정에 '시간과 돈을 헛되이 낭비했다'는 후회는 흔적조차 보이지 않았다.

이제 조금만 더 지나면 나도 누군가에게 '어른'인 나이가 된다(어른의 정확한 기준은 잘 모르겠지만). 그때는 내 취향에 몰두하는 어른이 되어 있을까? 하나의 작품에 매료되어 눈물도 흘리고 먼 곳을 자주 바라보는 사람이 돼 있었으면 좋겠다. 그리고 내 주변의 모든 이들이 그런 황홀한 시간을 가지며 살았으면. 사는 게 힘들어도 한순간 눈이 반짝할 만한 취향을 가진 사람들과 함께 좋은 어른이 되고 싶다.

중요한 건 생각은 갑자기 해서 되는 게 아니라는 것이다. 늘 무언가를 생각하고, 준비를 해야 어른인 '척'도 하고, 잘 사는 '척'도 하고, 사랑하는 이들을 안심시키는 '척'도 할 수 있을 테니까. …아무쪼록 잘 사는 일이란 마음이 머물고 싶어하는 것에 대해, 순간의 시선을 온전히 할애해 주는 것일지 모른다. 시간을 '보내는 것'이 삶이라면 될 수 있는 한 '잘 대접해서' 보내 주고 싶다.

주변의 모양과 소리를 시의 언어로 잘 불러낼 수 있는 사람은, 확고한 취향을 가진 사람은 시간을 '잘 대접해서' 보내는 법을 잘 알고 있는 사람이 아닐까. 그런 이의 산문집에서 살고 있으니 시간이 조금 천천히 흐르는 것만 같다.

이 책과의 한 달이 천천히 지나는 동안, 난 처음으로 봄을 가까이에서 제대로 지켜보았다. 평소엔 '언제 봄이 온 거지', '그러고 보니 벌써 여름이 왔네' 하고 뒤늦게 알아채는 날이 많았다. 이번 한 달은 봄이 왜 슬픔과 어울리는지, 그런 슬픈 봄은 어떻게 만들어지는지 계속 생각하면서 밖을 내다보았더니 정말로 봄이 찾아오는 과정을 지켜볼 수 있었던 것이다. 종종 이렇게 계절이 지나는 모습을 자세히 지켜보고는 이름을 붙여 주고 싶다. 슬픔이 어울리는 봄, 거리 둠을 배우는 여름, 아쉬움을 붙잡는 가을. 흩어지는 소리들을 시의 언어로 붙잡아 두듯, 뒤늦게 알아채기 전 계절들에 이름을 붙일 수 있는 사람이 된다면, 나도 시간을 '잘 대접해서' 보내는 어른이 될 수 있지 않을까?

봄으로 남을 책 한 권

이 책의 첫인상은 새침했다. 아무 힌트도 주지 않겠다는 듯 짧고 간략한 제목과 디자인, 살짝 날 선 듯한 글씨체. 주제별 분류도 이렇다 할 순서도 없이 나열된 이야기들. 조금 긴 시집을 만난 듯했다. 평소 시집과 친하지 않아서 그런지 나도 모르게 '쉽게 읽히진 않겠는걸' 하고 거리감을 느끼기도 했다. 첫 번째 읽기가 끝나고, 멍하니 책을 바라보았다. 여기에서 한 달을 살면, 조금 더 이해할 수 있을까? 마음에 남는 문장들이 얼마나 있을까? 이 책이 친근하게 느껴질까?

걱정과 기대가 섞인 첫 만남이 끝나고 매일매일 소란스러운 읽기를 이어 갔다. 우연의 일치인지 바깥세상도 꽤 소란스러웠다. 계획했던 일들이 죄다 무산되었고, 지인의 건강과 우리의 미래를 걱정하며 봄을 맞았다. 그렇게 소란스럽게 봄을 맞이하는 동안 『소란』은 자꾸만 내게 질문을 했다. 걱정과 한탄이 아니라, 그리움과 순수

한 슬픔을 물었다. 책을 읽을 때만큼은, 책을 덮고 한 시간 정도 여운에 잠겨 있을 때만큼은 마음의 소란이 덜 가여웠다.

책 한 권이 가져다주는 고요에 감탄하곤 한다. 음악이나 텔레비전 소리 곁에선 책에 잘 집중하지 못하는 편이지만, 가끔 어떤 책은 주변의 모든 소음도 잡아먹을 만큼 묵직한 소리를 낸다. 이 책은 거센 빗소리처럼 주변의 슬픔과 생각을 쓸어 내렸다. 바깥이 아직 어두컴컴한 시간에 읽기 시작해 안개에 가려진 햇빛을 느끼며 책을 덮고 아침을 맞았던 한 달. 이토록 고요하고 개운한 아침을 보냈던 적이 있었나. 저자의 표현처럼, '완창'하듯 울음을 토해내고 난 다음같이 속 시원했던 봄의 아침들.

책 뒤쪽 한구석에 사람들의 이름을 적어 넣었다. 이 책을 선물하고 싶은 사람들의 이름을. 봄을 주고 싶은 사람들. 자신의 슬픔을 꺼내 보이는 일이 익숙하지 않은 이의 얼굴이 가장 먼저 떠올랐다. 책을 읽고 다시 만난 그의 입에서 '슬퍼서 좋았어'라는 말을 들을 날이 기다려진다. 자주 슬퍼하는 이에게도, 슬픔을 두려워하는 이에게도, 슬픔과 싸워 보려는 이에게도 전해 주고 싶다. 나는 셋 다 해당하니 운 좋게 스스로 선물을 받은 셈이다.

이름을 적어 둔 이에게 책을 선물하면서 꼭 얘기해 주고 싶다. 여러 번 읽었으면 한다고. 자주 마음을 내주는 책이 되었으면 한다고. 나는 그렇게 했고, 그래서 이 책이 내게 봄을 가져다주었다고. 잘 모르고 지내던 슬픔의 봄을 받았다고 말이다.

글에서 위로받고 싶어지는
책에서의 한 달

『글쓰기의 최전선』

은유 | 메멘토 | 2015

질문하고 쓰는 사람이 되기 위하여

한 달간 단순히 읽기만 하는 게 아니라 기록을 남기기로 했는데, 잘 기록하기 위해 글쓰기에 관련된 책을 읽어 보자 싶었다. 그런데 책을 고르자니 '글쓰기를 말하는 책'이 서점에 너무 많았다. 어떤 기준으로 골라야 할지 쉽게 정하지 못하고 있었는데 마침 평소 눈여겨보던 '어쩌다 책방'의 인스타그램에서 짧고 강렬한 평 하나를 발견했다. '이 책을 읽는 순간 글이 무척 쓰고 싶어졌다.' 내가 찾고 있던 건 당장 무엇이라도 쓰고 싶게 나를 자극해 줄 책이었고, 그간 '어쩌다 책방'이 추천했던 책은 믿고 읽는 편이었기에 망설일 이유가 없었다. 당장 전자책을 구입했다. 직접 책의 실물을 볼 수 없다는 아쉬운 마음에 인터넷으로 책 사진을 구경해 봤다. 여러 개의 펜이 그려진, '글을 써 보자(불끈)' 느낌의 빨간색의 표지가 어쩐지 믿음이 갔다. 책의 부제가 "'왜'라고 묻고 '느낌'이 쓰게 하라"다. 한 달 뒤면 나도 끊임없이 묻고 쓸 수 있게 될까? 읽어 봐야 알겠지.

『글쓰기의 최전선』은 은유 작가가 동명의 이름으로 진행하던 글쓰기 수업의 이야기를 묶은 책이다. 난 논술 수업 외에 글쓰기 수업이라는 걸 따로 들어본 적이 없다. 보통 글쓰기 수업은 어떻게 진행될까? 주제 하나를 정해 주고 각자 글을 쓰게 한 다음 첨삭을 해 주는 보편적인 이미지 외에 다른 장면이 잘 상상되지 않았다. 바쁜 시간을 쪼개 가면서 글쓰기를 배우러 오는 사람들이 모이는 곳이라면 내가 떠올리지 못한 장면이 분명 있을 것이고, 그걸 알고 싶었다.

내가 아는 모든 수업엔 목적이 있었다. 내가 들었던 글쓰기 수업의 일환인 논술 수업도 대입이라는 목적이 있었고, 자격증을 따기 위한 수업, 취업을 위한 수업 등 목표 지점이 분명한 수업만 알고 있었다. 그런데 '글쓰기 수업'이라는, 광범위한 이름의 이 수업은 어떤 사람들이 듣는 걸까. 자연스레 글과 관련된 일에 종사하거나 그 일을 꿈꾸는 사람들이 떠올랐다.

내가 '글쓰기 수업'이라는 주제의 책을 읽으려는 이유도 비슷했다. 읽고 글로 남기는 작업을 잘해 보고 싶다는 목적이 있었다. 책 속 수업에는 등록할 수 없지만, 그 수업을 들으러 오는 사람들, 저자가 들려주는 글쓰기에 대한 이야기, 글쓰기 수업이 존재해야 하는 이유 등이 궁금했다. 얼른 읽어 보고 싶다. 이번 달은 조금 공부하는 마음으로, 수업을 듣는 마음으로 책을 읽을 것 같은 예감이 든다.

프랑스에 정착한 지 얼마 되지 않았을 무렵, 어학원 동료가 내게 학교에서 주최하는 독서 모임에 함께 가 보지 않겠느냐고 제안한 적이 있었다. 대부분 프랑스인이 말하고 이끌어 나가는 모임이긴 하지만 현지인과 대화를 나누기에 좋은 기회라면서. 당시엔 낯을 많이 가리는 데다 프랑스어로 말하고 읽는 게 서툴러서 지루하기만 할 것이라 예상하고 결국 거절했었다.

지금도 서점이나 도서관에서 독서 모임이나 강연을 알리는 게시물을 보아도 여전히 쉽게 참여할 생각은 못한다. 이제 프랑스어에 어느 정도 익숙해졌지만, 과연 기대만큼 깊은 공감을 나눌 수 있을지 확신할 수 없기 때문이다. 언젠가 이곳에서도 수업이나 모임 등에 편히 참여하게 될 날을 기다리는 동안, 이 책으로 대신 목마름을 해결해 보기로 했다.

자신의 글에서 구원받는 사람들은
얼마나 아름다운가

그러니까 그런 글은 도대체 어떻게 쓰는 겁니까

우리는 왜 글을 쓸까? 간단한 통화나 문자로도 안부를 전할 수 있는 세상에서 굳이 글을 쓰는 행위를 이어 나가는 이유는 무엇일까?

얼마 전 편지를 써야 할 일이 있었다. 조심스러운 내용이라 내 의견과 감정을 최대한 세심하게 전하고 싶었다. 한참을 썼다가 지웠다가를 반복했다. 얼굴도 목소리도 보이지 않는 하얀 종이 너머로 오해 없이 말을 전하고 싶었다. 오랜 고심 끝에 써 보낸 편지는 다행히도 받은 이에게 잘 전달된 듯했고, 감사의 인사도 받았다. 이게 뭐라고 그렇게 좋았다.

짧은 편지 하나에 마음을 다 담기는 어렵다는 걸 알고, 오해하더라도 어쩔 수 없는 일이라고 넘길 수도 있었다. 업무 메일을 주고받을 때도 그저 용건만 빠뜨리지 않고 제대로 전달하면 그만이다. 그런데도 난 기계에게 메일을 쓰는 게 아니라, 건너편에서 메일을 읽을 사람이 있다는 걸 떠올리며 단어 하나하나의 사용에도 마음을 썼다. 최대한 예의를 갖춰서, 너무 사적이지 않으면서도 메마르지 않게, 최소한 상대방이 읽고 나서 기분은 나쁘지 않도록 쓰고 싶었다. 나는 그게 늘 너무 어려웠고, 사소한 문자 메시지 하나도 보내고 나서 한참 가슴을 졸였던 적이 꽤 있었다.

저자의 글쓰기 수업엔 나 같은 사람들이 찾아온다. 업무 보고서 작성하는 게 부담스럽거나 아이의 학교 선생님께 전달할 메시지 하나 쓰는 것조차 너무 어렵다며 글쓰기 교실의 문을 두드린다. 글을 잘 쓴다고 어디에서 상을 주는 것도 아니고 돈이 생기는 것도 아니지만 짧은 업무 메일이라도 정성 들여 써 보내고 나면 마음 어딘가가 채워지는 느낌을 받는다. 사람으로서 도리를 지키고 있다는 생각마저 든다. 그러니까 그 도리를 다하고 싶은 이들에게 글쓰기 수업이 필요한 건 아닐까.

프랑스에 처음 와서 불어를 배우던 시절, 나를 당황케 한 수업이 하나 있었다. 바로 편지 쓰기 수업. 편지를 쓰기 위한 양식이 따로 정해져 있고, 처음과 마지막에 붙이는 다양한 인사말도 전부 외워야 했다. 언제 이런 편지를 쓸 일이 있다고 배우나 의아해했는데 한 달에 한 번 꼴로 편지를 쓸 일이 생겼다. 통신사에 해지 요청을 하기 위해, 전기공사에서 낸 요금을 또 내라고 했을 때 항의하기 위해, 집주인에게 이사한다고 통보하기 위해 몇 번이고 편지를 써야 했다. 이게 어쩌면 프랑스에서의 나의 첫 '글쓰기 수업'이었던 게 아닐까 생각한다.

그때 선생님이 해 주셨던 말씀이 생각난다. 본론을 명확하게 전달하는 게 중요하다고, 예의를 갖추고 아부하는 말들은 이미 처음과 끝인사에 모두 넣어 두었으니 본문엔 본론만 간단하게 쓰라고 말이다. 정말 편지들을 읽어 보면 인사말엔 '친애하는', '진심을 다해', '저의 애정을 담아' 등등 온갖 닭살 돋는 말들이 가득하지만, 본문에는 요구하는 바를 무서우리만치 간단명료하게 써 둔 경우가 많았다. 그러나 여기엔 함정이 하나 있다. 본론을 간단명료하게 전달하는 건 업무 편지에만 해당하지, 문학이나 일반 편지 쓰기엔 전혀 해당하지 않는다는 것이다(프랑스어엔 이런 식의 '제멋대로 예외'가 매우 자주 등장한다).

책 원고를 위해 남편을 인터뷰한 적이 있다. 짧지만

중요한 내용의 질문을 몇 가지 골라, 그에게 내밀었다. 생각해 보고 써 주기로 약속한 대답은 몇 주 뒤에야 받아 볼 수 있었다. 그래도 그의 글을 읽고는 감탄했다. 멋졌다. 이제 한글로 번역할 차례였다. 난감했다.

유럽 작가들은 대부분 만연체를 쓴다. 일상생활에서 쓰이는 글들도 대부분 만연체이기 때문에 독자들도 읽는 데 크게 무리가 없다. 위의 문장 몇 개를 프랑스식으로 쓰면 이런 식이다.

나는 감탄했다, 그것에 대해. 생각해 보고 써 주기로 약속한 그의 대답이 몇 주 뒤로 미뤄지기는 했지만, 그가 내민 내 질문에 대한 대답, 그러니까 그를 인터뷰하기로 마음먹고 써 준, 그걸 보고 멋지다고 생각했다.

내가 쓴 글이지만 뭐라고 하는지 잘 모르겠다. 만약 한국에서 이런 식으로 글을 썼다면 어디 가서 더 배워 오라는 핀잔을 들었을 게 분명하다. 신기한 건 불어로 이렇게 써 두면 잘 읽힐뿐더러 또 문장의 리듬이 아름답게 느껴진다는 것이다. 책에서 너무 끊어뜨리기에만 열중하면 호흡이 지나치게 짧아 지루한 글이 되기 쉽다고 했듯, 설령 만연체가 되더라도 리듬감 있게 술술 풀어지는 글도 놓치지 않아야 한다.

업무문서는 짧고 명확하게, 사적이고 문학적인 글은 길고 신비롭게. 그러니까 그런 글은 도대체 어떻게 쓰는 겁니까? 네? 남의 나라 언어로 사람으로서의 도리를 다하려고 하니 여간 힘든 일이 아니었다. 그렇다고 모국어로 쓰는 글이 술술 써지는 것도 아니다. 내게도 당장 글쓰기 수업이 절실하지만, 일단은 이 책에서 한 달을 살면서 힌트를 얻어 보기로 했다.

어느새 글을 쓰기 시작했다

얼마 전부터 매일 세 장씩 글을 쓰고 있다. 청탁받은 지면이 있는 것도 아니고, 고료를 받는 것도 아닌데 그냥 매일 세 장씩 하루도 빠짐없이 쓴다. 그렇게 비공개 글만 쌓아 가다가, 이 책에서 '글쓰기'는 곧 '공적 글쓰기'와 다를 바 없다는 구절을 읽었다. 혼자 쓰고 읽고 간직하는 것은 일기라고. 그래서 용기 내어 그동안 쓴 글을 공개하기 시작했다. 그런데 새로운 걱정이 생겼다. 내 글이 공해가 되는 건 아닐까, 잘 쓴 글 같지도 않고, 유익한 글 같지도 않은데 애써 세 장 분량의 글을 읽은 사람들이 '시간 낭비'라고 생각하는 건 아닐까 걱정이 되었다. 그런데 책이 내 목소리를 들은 듯 다정하게 이야기한다. 좋은 글이란 억눌린 나의 욕망을 알아차리게 하는 글, 미처 들춰 보지 못한 마음의 자리를 드러내 후련함을 주는 글이라고.

그러고 보면 나도 책이나 남이 무심하게 써 둔 블로그 글을 읽으며 이런 후련함과 고마움을 느낀 적이 종종 있었다. 그 사람은 그저 자신의 이야기를 솔직하게 털어 놓았을 뿐인데 내가 그런 감정을 느끼는 게 신기했다. 딱 그 정도만이라도 하고 싶다. 쓰는 나도 매일 올리는 세 장의 글이 부담스럽지 않고, 읽는 사람도 조금 후련한 마음을 느끼며 읽을 수 있게끔 쓰고 싶었다. 과연 내 글이 오늘 누군가에게 '후련한' 글이 되어 주었을까. 알지 못해 두려운 마음으로 매일 글을 쓰고 올렸다.

어떤 일이든 꾸준히 한다면 시간 낭비는 없다고 믿는다. 어떻게든 매일 쓴 글이 동력이 되어 첫 책까지 냈다. 책을 써야 한다는 목표 덕분에 읽고 쓰기에 더욱 힘이 붙었고, 그렇게 계속하다 보니 내 하루를 함께하는 목소리가 늘어나기 시작했다. 좋은 글들이 고마웠고 후련

했다. 자연스럽게 이런 글을 쓰고 싶다는 욕심이 생겼다. 이번 달은 매일 돌고 도는 읽고 쓰기의 흐름 속에서 『글 쓰기의 최전선』과 함께 살아가는 중이다.

사람답게 살려는 사람이 선택하는 최소한의 권리

인터뷰는 내겐 다소 생소한 분야였다. 우선 나는 인터 뷰가 '상호 작용'이라는 생각을 해 본 적이 없다. 분명 'Inter-View'이고, 기계가 아닌 사람이 사람을 마주하는 일이라는 것도 잘 알고 있는데 말이다. 지금까지 인터뷰 란 인터뷰이에게 집중하는 것이라 여겼기에, 가끔 인터 뷰어 자신의 이야기를 시작하면 불편하기까지 했다. '우 리가 궁금한 건 인터뷰이이지 기자가 아닌데, 왜 자기 얘 기를 저렇게 하는 걸까?'

얼마 전 나는 인터뷰이도 되어 보고 인터뷰어도 되 어 보았다. 방송 출연 의뢰가 들어와 메신저로 방송 작가 의 질문에 대답을 했고, 얼마 후 책에 실을 목적으로 남 편에게 지난 밴 라이프에 관해 몇 가지 질문을 했다. 둘 다 쉬운 일이 아니었다. 인터뷰이일 때는 내가 말하고자 하는 바를 오해 없이 전달하고 싶어서 진땀을 뺐고, 인터뷰어일 때는 상대와 아주 잘 아는 사이이다 보니 그를 낯설게 바라보는 게 힘들었다. 인터뷰가 이렇게 깊고, 섬세한 문학이라는 걸 처음 깨달은 순간이었다.

이 책의 마지막엔 학인들의 인터뷰가 두 개 실려 있는데, 그 중 자신의 어머니를 인터뷰한 학인의 글이 돋보였다. 어머니에게 정중하게 인터뷰를 청하고 진지하게 노트를 들고 앉아 이야기를 듣는 딸의 모습이라니. 이 행위 자체가 그들에게 어떤 구원이 되었으리라고 충분히 짐작할 수 있었다. 서로에게 구원이 되는 대화 혹은 글. 이게 무엇이라고 읽을수록 자꾸만 울렁울렁한다.

책에는 글쓰기 수업을 들으며 글쓰기가 다양한 방식으로 '구원'이 된 사람들의 이야기가 나온다. 글쓰기를 그렇게 생각해 본 적은 없었다. 독서가 구원이 되는 경우는 많이 보고 경험했다. 생각의 틀을 바꿔 주거나 위로가 되어 준 책은 있었지만 글쓰기가 그런 역할을 한 적이 있었던가 하고 곰곰 떠올려 보니, 의외로 많았다. 그저 있었던 일을 끄적거리는 일기에서 벗어나 사람들에게 보여 주기 위한 글을 쓰면 무슨 일이든 일어났다. 남편에게 서운한 일이 생길 때마다 최대한 객관적인 시선으로 그에 대한 글을 썼더니 굳이 마음에 담아 둘 일이 아닌 것처럼 되어 버렸다. 너무 후회되는 말을 한 날에 대해 담담하게 쓴 나의 글을 프린트까지 해서 두고두고 읽었다는 한 독자의 메일을 받기도 했는데, 지금도 가끔 짧은 메일을 주고받는 소중한 인연으로 남아 있다. '어떤 독자'를 가정해서 그가 내 글을 어떻게 읽을까, 어떤 반응을 보일까 생각하며 쓰면 보이지 않는 누군가와 대화를 하는 기분이 들었다. 그러자 있는 감정을 마구잡이로 쏟아내는 게 아니라 한층 정화된 시선으로 글을 남길 수 있게 되었다.

책에서는 글 쓰는 일을 '작가나 전문가에게 주어지는 소수의 권력이 아니라 자기 삶을 돌아보고 사람답게 살려는 사람이 선택하는 최소한의 권리'이길 바란다고 말한다. 자기 삶을 돌아보고 사람답게 살려는 사람이 선택하는 최소한의 권리. 이토록 멋지고 간단한 권리가 눈앞에 있었다. 읽으면서 정말 다양한 사람들이 글을 쓰며 살아가는 모습을 그려 보았다. 글 쓰는 청소부, 글 쓰는 학자, 글 쓰는 주부, 글 쓰는 경비원. 주변에 글 쓰는 사람들이 가득하다면 얼마나 멋질까. 자신의 글에서 구원받는 사람들은 얼마나 아름다울까.

어쩌다 보니 최근 많은 시간을 글에 투자하며 살고

있다. 그렇게 글을 쓰기 시작한 지 1년 정도가 지났다. 책을 위해 초고를 쓰기 시작할 때만 해도 내가 이렇게 글에 빠져 살게 될 줄은 꿈에도 몰랐다. 그런데 이 중에서 직접적인 이득을 얻게 되는 작업은 거의 없다.

딱 이만큼이다. 생의 모든 계기가 그렇듯이 사실 글을 쓴다고 크게 달라지는 것은 없다. 그런데 전부 달라진다. 삶이 더 나빠지지는 않고 있다는 느낌에 빠지며 더 나빠져도 위엄을 잃지 않을 수 있게 되고, 매 순간 마주하는 존재에 감응하려 애쓰는 '삶의 옹호자'가 된다는 면에서 그렇다.

글을 쓰기 시작하면서 뭐가 달라졌냐는 물음에 고민만 하다 쉽게 답을 내리지 못한 적이 있었다. 돈을 많이 번 것도 아니고, 엄청난 자신감이 생긴 것도 아니고, 하루하루가 반짝반짝 빛나는 것도 아니다. 오히려 매일을 텅 빈 하얀 창 앞에서 글자들을 조금씩 새겨가며 씨름하고 있으니 지난하고 고단하다. 아무리 해도 글이 써지지 않아 좌절하고 눈물을 쏟기도 한다. 그런데도 정말 저자의 말처럼 '삶이 더 나빠지지는 않고 있다는 느낌'

이 든다. 누구에게나 일어날 수 있는 괴로운 일, 생각만큼 흘러가지 않는 매일, 노력한 만큼 보상받지 못하는 현실을 해석하고 풀어내면서 스스로 내 삶의 옹호자가 되어 간다. 정말이다. 전부 달라진다.

선생님으로 남을 책 한 권

이번 책은 시 낭독과 독서, 합평 등의 글쓰기 수업 내용을 담고 있다 보니, 과연 내가 한 달 동안 꾸준히 살아 볼 수 있을지 확신하기 어려웠다. 저자는 시가 어려워서 잘 안 읽힌다는 학인들에게 소리 내어 읽고, 계속 들여다 보면 어느샌가 마음에 들어오는 문장이 있다고 말한다. 그 문장을 주문처럼 외우면서 버스 안에서, 자기 전에, 일어나자마자, 밥을 안쳐 놓고 기다리는 동안 계속 읽고 또 읽었다.

다행히 한 달 살기를 무사히 잘 마쳤다. 굳이 한 달이나 읽지 않아도 될 것 같다는 생각이 드는 책도 있지만, 이 책은 한 달간 함께 살아서 다행이었다. 끝까지 한 달을 잘 살아 낸 내가 고마울 정도였다. 앞으로도 자주 떠올릴 만한 문장들이 내 안에 오래 머무르면 좋겠다고 생각했으니까. 덕분에 필사한 노트가 빼곡하다. 두고두고 일용할 양식이 되어 준 고마운 문장들을 천천히 꼭꼭

씹어 먹었다.

이 책으로 크게 두 가지를 얻었다. 하나는 '르포르타주'라는 기록 문학에 관심이 생긴 것. '내 몸이 여러 사람의 몸을 관통할 때'라는 책 속 표현이 어울리는 새로운 장르가 더 궁금해졌다. 평소 편지를 묶은 서간집을 좋아하는데, 두 사람이 만나 짧은 데이트를 마치고 인터뷰어가 집으로 돌아가 작성한 편지가 아닐까 싶은 르포르타주는 그와 얼마나 비슷하고 또 얼마나 다를까. 또 다른 수확은 글을 쓸 때 도움이 되는 몇 가지 기준과 위로의 말들이 생겼다는 것이다.

- 말하기보다는 보여 주기
- 주제에서 벗어나지 않는다면 상황 설명은 최대한 구체적으로 하기
- 나보다 더 못 쓸 수도 잘 쓸 수도 없다
- 나만이 할 수 있는 이야기를 쓰기

이것들을 안다고 해서 내 글이 당장 나아진 것은 아니었지만 덕분에 책을 읽을 때, 어느 부분을 유심히 봐야 하는지 정도는 알게 된 것 같다. 술술 잘 읽힌다 싶어 살

펴보면 대부분 이 기준들을 벗어나지 않는 글이었고, 막상 내가 글을 쓰려고 할 때면 그게 얼마나 어려운 일인지 통감했다. '쉬운 글'이라고 무시했던 글들이 알고 보니 잘 만들어진 글이었다는 걸.

한 달의 절반 정도가 지났을 즈음 '이제 거의 외울 정도가 되었겠지' 싶었지만 읽다 보면 또 처음 보는 것 같은 문장이 새로 튀어나왔다. 숨은그림찾기를 하듯 간간이 보이는 낯설고 좋은 문장들을 짚었고 또 필사했다. 저자의 배려 섞인, 그러나 날카로운 시선들을 따라 시간을 보내면서 나도 한 명의 학인이 된 듯한 기분을 맛볼 수 있었다. 글을 쓰다가 '아, 글 쓸 때 이런 부분은 유의해야 한다고 했지', '이 문장은 어떤 평을 받으려나?' 하고 자주 생각했다. 든든한 글쓰기 선생님이 생겼다.

이 책을 읽는 동안 글쓰기 모임이나 독서 모임에 참가해 보고 싶어서 안달이 났다. 방법이 없을까 하다가, 나만의 방식으로 독서 모임을 고안해 보았다. 우선, 내가 모임의 주최자라 생각하고 책을 한 권 선정했다. 이때 최대한 추천 글이나 서평은 찾아보지 않는다. 일반적인 독서 모임처럼 적당한 기간을 정해 읽고 내 의견을 노트해 두었다. 그리고 인터넷으로 같은 책에 대한 서평을 몇 개 찾아보는 것이다. 그러다가 나와 비슷한 부분에서 공감을 했거나 다르지만 흥미로운 의견이 있으면 댓글을 남기기도 했다. 내 서평을 그들에게 보여 주고 이야기를 나눌 수는 없지만 그래도 같은 책을 읽은 다양한 사람들의 해석을 볼 수 있어 좋았다. 그렇게 함께 읽고 나누는 나만의 소소한 방법을 찾았다. 이번 책은 전자책으로 읽어서 책이 너덜너덜해지는 재미는 못 느꼈지만 그래도 덕분에 편하게 어디든 들고 다니며 짬짬이 읽을 수 있었다. 게다가 글쓰기가 막막하고 의심스러울 때면 언제든 리더기를 켜 이 책의 문장들을 다시 읽을 수 있다. 다행이다.

가능성을 믿고 싶어지는
책에서의 한 달

『유럽의 그림책 작가들에게 묻다』
최혜진 | 은행나무 | 2016

다른 시선으로부터

이번 달에 머물게 될 책엔 낯선 풍경이 많다. 인터뷰집이라는 평소 잘 찾아보지 않던 장르에, 최근엔 들어가 본적 없던 그림책이라는 세계가 배경인 데다, 이름도 얼굴도 모르는 유럽 작가들과의 대화라니. 저자가 그림책 작가들을 만나 질문하기 위해 이국땅에서 6708 km를 이동했기 때문일까, 이 책은 여행을 이야기하는 책은 전혀 아니지만 어쩐지 읽는 내내 여행하는 것만 같았다. 이름조차 낯선 여행지의 다국적 게스트하우스에 뚝 떨어진 것처럼 어색한 표정으로 책장을 넘기기 시작했다.

저자는 프랑스에 거주하던 시절, 서툰 프랑스어 때문에 어린이 서적 코너로 발걸음을 돌렸다가 그림책과 사랑에 빠지고 만다. 한국인으로서 늘 어렵게 느껴지는 기발한 상상력의 비밀이 그림책 작가들에게 있을 것이란 기대에 직접 그들을 찾아가 이야기를 듣기로 마음먹는다. 사진작가와 함께 프랑스 곳곳과 벨기에까지 작가들의 아틀리에를 방문했고, 그렇게 열 명의 유럽 그림책 작가들을 인터뷰한 것이 모여『유럽의 그림책 작가들에게 묻다』가 되었다. 주입식 교육에 단련된 한국인의 입장에서 틀을 벗어나는 발상을 자유자재로 표현하는 그림책 작가들을 탐구해 보고 싶었다는 저자. 크으. 정말 가렵던 곳을 속 시원히 긁어 주는 말이다.

한 가지 고민이 생겼다. 내가 마음대로 정한 한 달 살기 책을 고르는 기준 중에서 '한국 작가의 책'이 있는데, 이 책의 인터뷰어는 한국 작가지만 인터뷰이들은 모두 외국 작가들이다. 그럼 이 책은 한국 작가의 책이라고 할 수 있을까? 그런 고민을 하면서 책을 읽어 내려가다, 인터뷰이들이 모두 외국인일지라도, 그들을 읽는 시선은 결국 한국 작가의 시선이라는 것을 깨달았다. 읽다 보니 굳이 '한국 작가의 책'이라는 기준 자체가 무의미할 정도로 좋아서, 꼭 이 책에서 한 달을 살고 싶다는 욕심이 생겼다.

한국인의 시선에서 본 유럽, 유럽인의 시선에서 본 한국. 이런 글들은 평소와는 다른 시각을 접할 수 있어서 좋아하는 편이다. 프랑스에서 10년이나 사는 동안 다른 한국인의 시각에서 본 유럽인은 어떨지 늘 궁금했다. 나만 여전히 이곳 사람들의 사고방식이 낯선 것인지 물어 보고도 싶었다.

프랑스인들은 '말로 하는 게임'을 무척 좋아한다. 그 중 나를 충격에 빠뜨린 게임이 하나 있다. 일명 '나는 ○○를 해 봤다'라는 게임인데, 누군가 자신이 해 본 어떤 일을 고백했을 때 그 사람과 같은 일을 해 보지 않은 사람이 벌칙을 받는다. 다들 어린 시절부터 단단하게 다져 온 기발한 장난들에 대한 고백을 듣는 동안 정신을 차릴 수 없었다. '교실에서 작은 폭죽을 터트려 봤다' 같은 가벼운(?) 장난부터 '이웃집 꽃을 꺾어 자선 모금이라며 도로 그 이웃집에 팔아본 적이 있다' 같은 나는 상상도 해 보지 못한 일들을 마구잡이로 쏟아 내는 게 아닌가.

또 늦은 밤 조카들을 모두 잠자리에 눕힌 후 어른들끼리 돌아가며 즉석에서 이야기를 지어내기도 했는데, 내 차례가 오는 게 두려웠던 나와는 달리 기상천외한 상상력으로 멋진 이야기를 순식간에 지어내는 이들을 그저 경이롭게 바라볼 수밖에 없었다.

이렇게 내가 평소 느껴 왔던 유럽인 특유의 재치와 개성은 어디에서 오는 건지, 나도 배울 수 있는 건지 탐구하겠다니. 그것도 '틀을 벗어나는 발상'이 넘쳐 흐르는 그림책 작가들에게서 말이다. 이 이야기는 한 달 내내 곁에 두고 흡수해야 하는 책이다. 이번 달도 분명 멋진 여행이 될 것이라는 확신이 들었다.

성장에 늦은 시기는 없습니다

마지막에 교훈을 찾지 마세요

나는 그림책에 대한 기억이 별로 없다. 아주 어릴 적에야 그림책을 많이 읽었겠지만 그때의 기억은 희미하고, 제목을 말할 수 있는 책들은 만화책이나 동화책에서부터 시작한다. 그러니까 혼자 책을 읽을 수 있었던 나이부터는 그림책을 읽지 않았던 것 같다. 교육열이 비교적 덜했던 시골에 살았는데도 학업에 도움이 되는 책을 읽어야 한다는 분위기는 피하기 어려웠다. 부모님은 내가 원하는 책을 마음껏 읽게 두는 편이셨지만 학교에서는 달랐다. 초등학교 고학년 때부터였을 것이다. 학교에 그림책을 들고 가서 읽으면 '나이가 몇인데 이런 책을 읽느냐'며 선생님이고 친구고 다들 핀잔을 준 때가. 남의 시선을 많이 신경 쓰던 나는 어느새 그림보다 글이 많은 책을 고르기 시작했다. 한국 사람들은 다들 나와 비슷한 과정을 겪는 듯하다. 어릴 적 부모님과 함께 소리 내어 그림책을 읽다가 시간이 지나면 글이 더 많은 책을 읽도록 강요 아닌 강요를 받고, 그러면서 책과 점점 멀어지고, 어느 날 자신이 부모가 되면 다시 아이들에게 그림책을 읽어 준다. 그렇게 몇십 년 만에 다시 그림책을 마주한다. 나도 아마 이 책을 읽지 않았다면 그랬을지도 모른다. 그림책은 아이들 책이라고 밀어 두었겠지.

그림책을 자주 읽던 시절의 난 그림책 너머 작가를 상상하기엔 너무 어렸고, 작가의 세계를 궁금해하기 시작한 요즘의 난 그림책과 너무 오랫동안 떨어져 살았다. 그렇게 어느 것 하나 익숙하지 않은 '그림책 작가'라는 세계. 글과 그림이 이야기를 번복하지 않되 어떻게 동시에 잘 어우러질 수 있는지를 고민하고, 가족, 특히 자신의 자녀에게 영감을 받고, 새로운 시도를 작품에 반영하는 데 거리낌이 없는 이들이 살아가는 세계. 이토록 흥미롭고 신선한 세계가 있었다니. 특히 관심이 간 부분은 작가들이 독자, 그러니까 어린이의 시선에 대해 풀어낸 이야기였다. 그중 작가 안 에르보는 어린이 독자를 존중하고 신뢰한다는 인상을 받아 눈여겨보았다. 그는 재미있는 두 가지를 알려 주었다. 철학적인 은유가 돋보이는 작품에 어른들은 겁을 먹지만 아이들은 오히려 쉽게 받아들인다는 것. 그리고 모호함을 그대로 받아들이는 여유를 아이들에게 주어야 한다는 것.

내겐 오랫동안, 그리고 지금까지도 고쳐지지 않는 나쁜 습관이 하나 있다. 책을 읽을 때 어떻게든 이해하려 든다는 것. 얼핏 좋은 습관 아닌가 싶겠지만 이 말은, 이해하기 힘들거나 잘 읽히지 않는 책은 자연스레 겁이 나고 멀리하게 된다는 뜻이기도 하다. 내게 지금껏 그림책은 이해하기 쉬운 책으로 분류되어 있었다. 아이들이 읽는 책, 그러니 '어른'인 나는 당연히 이해하기 쉬운 책이라고 말이다. 이번 '책에서 한 달 살기'를 시작한 이유에도 책의 내용을 더 잘 이해하기 위해서라는 욕심이 없었다고는 못하겠다. '한 달 동안이나 읽으면 책을 줄줄 꿰지 않겠어?'라는 기대에서 나온 아이디어이기도 했다. 그런데 책을 여러 번 읽어도, 읽을 때마다 새로이 읽히는 경험을 했다. 그때마다 '완벽하게 이해하는 읽기는 한 달 정도로는 불가능한 걸까'라는 의문을 가졌는데 안 에르보가 내게 일침을 가했다.

모든 것을 다 이해할 필요는 없습니다. 부디 목적의식을 내려놓으세요.

'목적의식'이라는 단어에 조금 움찔했다. 내게 '독서' 하면 떠오르는 단어가 '목적'이기도 했으니까. 그림책 작가가 마음껏 이야기를 펼칠 수 있도록 그대로 수용하는 어린이 독자처럼 읽기. 내게 이토록 어려운 과제가 주어지다니.

심심해서 다행인 시간

작가 클로드 퐁티의 인터뷰 시작은 조금 어둡다. "어렵고, 슬펐고, 혼자였습니다"라고 자신의 유년기를 표현한 작가의 작품들은 의외로 상상력과 유머가 넘친다. 그는 책에 바코드가 들어가는 것이 싫었지만 서점에 입점하려면 어쩔 수 없었다. 그래서 책 뒤편에 작은 풀숲이나 아코디언 등을 그려 그 안에 바코드를 숨기는 방법을 택했다. 이렇게 책의 바코드마저 자신만의 재치로 숨길 줄 아는 유쾌한 사람으로 성장한 그의 비밀은 무엇일까. 그의 작품은 철저히 아이의 시선에서 그려진다. 단어를 들리는 그대로 마음껏 해석하는 아이처럼 언어유희로 주인공의 이름을 짓는다거나, 부모를 바꿔 보면 어떨까 하는 아이들의 발칙한 상상을 대신 표출하기도 한다.

그의 어두운 어린 시절과 현재의 창의성이 어떻게 어우러질 수 있는지 쉽게 이해가 가지 않았다. 나도 모르게 '천재성'이라는 편견으로 그를 평가했다. 주변의 도움 없이도 혼자 창의력을 길러 낸 천재라고 말이다. 그런데 한 달 내내 그의 이야기를 읽고 떠올리자 그가 어떻게 변할 수 있었는지 천천히 이해되기 시작했다.

'당신에게 가장 소중한 것은?' 이런 질문을 받을 때마다 난감했다. 내게 뭐가 제일 소중할까. 사람? 명예? 건강? 보통 어린 시절엔 사람(친구), 한창 사회생활을 할 나이엔 명예, 나이가 들어서는 건강을 최고로 친다고들 한다. 나도 그런가 보다 하던 차에, 이 책을 다시 읽으면서 알았다. 내게 가장 소중한 건 시간이구나.

저자가 인터뷰한 열 명의 그림책 작가들 대부분이 '심심함'과 '고독함'을 누릴 수 있었던 시간의 중요성을 이야기했다. 이치카와 사토미 작가는 자신에게 탐험할 시간을 주기 위해 프랑스로 왔다고 한다. 나는 프랑스로 올 때 그런 기대를 하지 않았다. 유학을 성공을 위한 발판으로 여겼고, 구체적인 목적을 갖고 이곳에 발을 디뎠다. 그런데 프랑스에 오자마자 생각지도 못한 선물을 얻었다. 바로, 어마어마한 시간이다.

새벽 네 시에 일어나 혼자 자습을 하고, 밤 열한 시에 기숙사로 돌아와 겨우 잘 준비를 하던 한국에서의 학교생활과는 달리 프랑스 시골의 작은 기숙사 방에 혼자 앉아서 할 수 있는 일이라곤 어학교 수업 내용의 복습, 예습, 단어 외우기 정도가 전부였다. 물론 꾸준히 공부하는 일이 쉬웠던 건 아니지만 한국에서의 생활과 비교하면 넘칠 정도로 시간이 많았다. 인터넷도 잘 안 되던 시절이라 드라마나 영화를 보는 데도 한계가 있었고, 불어책은 아직 잘 못 읽고, 가져온 몇 권의 한국 책들은 질리도록 읽었고, 친구도 별로 없었다.

처음엔 그 시간이 너무 불안했다. 이 시간에 뭐라도 더 해야 하는 건 아닐까, 단어라도 하나 더 외워야 하나, 당장이라도 밖으로 뛰쳐나가 원어민을 붙잡고 발음 연습이라도 해야 하나. 그러다 어느 순간부터는 그런 '아직'의 시간을 즐기게 되었다. 아직 원하는 모습이 되진 못했지만 이렇게 기다리는 시간도 분명 내게 필요하다는 걸 알았기 때문이다. 몽상을 즐기는 습관도 그때 만들어졌다. 심심해서 미칠 것 같은 시간도 더는 존재하지 않았다. 그때 그 시간에 단어 하나라도 더 외웠더라면, 나가서 불어 한 마디라도 더 해 봤더라면 내 불어 실력은 훨씬 더 좋아졌을지도 모르겠지만 그때 누릴 수 있었던 심심한 시간이 내게 꼭 필요했던 시간이었다는 것을 이제는 안다.

여행 중 이동하는 시간도 꽤 지루하고 심심한 시간이다. 음악도 틀고, 남편과 이런저런 대화를 하고, 순식간에 바뀌는 풍경을 바라보기도 하지만 어느새 모든 일이 귀찮아지는 순간이 온다. 이번에도 한 시간쯤 지나자 슬슬 심심하다. 그러다 잠시 차가 멈춘 틈을 타 책을 꺼내 읽었다. '심심함과 고독의 필요성'에 대해 이야기하는 부분이 눈에 들어왔다. 심심한 시간이 있어야 상상도 하고 아이디어도 솟아난다고 하는 작가들. 그리고 보면 밴에서 산 지난 2년간의 수많은 '심심한' 이동 시간 동안 많은 아이디어들을 떠올렸다. 책을 쓰고 싶다는 생각도 했고, 한 권의 책에서 한 달을 살면 무슨 일이 생길까 상상도 했다.

사실 오늘 내가 하는 즐거운 일들은 모두 그 심심했던 시간 속에서 나온 아이디어들이다. 심지어 밴에 살기로 진심으로 마음먹은 것도, 자기 전 '정말 밴에 살게 된다면 어떤 일이 벌어질까?' 하고 한참을 상상한 덕분이라고 할 수 있다. 어릴 적 시골에서 나고 자란 덕분에 심심할 틈이 많았다. 그땐 그게 무척 싫었는데 지금 생각해 보면 아주 다행이었다. 심심했고, 상상했고, 연구한 덕에 오늘의 내가 조금은 창의적으로 살아가고 있다는 자부심을 가질 수 있는 것일지도 모른다.

작가 클로드 퐁티도 외롭고 심심했던 시간 동안 홀로 이야기를 지어내며 놀았다. 그가 들려준 어릴 적 집의 분위기로 미루어 보아, 그의 부모님이 상상과 모험이 가득한 이야기책을 읽어 주었을 가능성은 적다. 그나마 흥미로웠던, 사전 두 개를 비교하며 상상하는 놀이마저 어머니가 낡은 사전을 처분함으로써 끝이 난다. 이런 환경에서도 그는 스스로 변화하기를 선택한다. 성인이 된 지금도 그는 시도하고 배우기를 멈추지 않는다. 심심함과 성장할 수 있다는 믿음이 그를 '천재'로 만들어 준 것은 아닐지. "세 살 버릇 여든 간다는 속담은 거짓말이에요. 그 말 좀 믿지 마세요"라는 그의 말이 한 달 내내 머릿속을 떠나지 않았다. 이렇게 계속 심심하고 고독하게, 시도하고 실패하다 보면 나도 성장할 수 있다는 이야기를 믿으며 살아가고 싶다.

나만의 속도로 살아 봤다는 자긍심

한동안 이 책을 내려놓고 살았다. 바쁘다고, 다른 일에 신경을 써야 한다는 핑계로, 다른 책에 정신이 팔려서. 더는 미룰 수 없다는 생각에 다시 책을 찾았다. 늘 그랬듯 노트와 펜 한 자루를 함께 꺼냈다. 지난 읽기 때 적어둔 마지막 문장이 눈에 띈다. '이번 읽기는 내게 어떤 의미일까.' 이미 다섯 번이나 읽은 책인데, 오랜만에 다시 읽으려니 기억이 가물가물하다. 하지만 이번에도 금세 필사 노트가 빼곡해졌다.

책을 다 읽고 가만히 필사 노트를 보다가 눈에 띄는 부분이 있었다. 작가 세르주 블로크는 정육사였던 아버지로부터 '그 일을 하기 위해 태어난 사람처럼 기복 없이, 대단한 기대감이나 불안감 없이, 어제 노력했던 일을 오늘 또 해 보는 태도'를 배웠다고 한다. 조금 뜨끔했다. 나는 나와 약속한, '오늘 또 해 보는' 책 읽기를 잠시 멈췄었기 때문이다. 어떤 대단한 결과를 기대하기보단 그저 '한 권의 책을 한 달간 읽으면 무슨 일이 일어나나 지켜보자'라는 생각으로 해 온 일이다. 그런데 쉽지 않다. 당장 눈에 띄는 '무슨 일'이 없으니 조금 느슨해지는 게 사실이다.

한국의 공교육을 받으며 자란 대부분의 학생들처럼, 나는 경쟁을 당연하게 받아들이며 살아왔다. 취미로 시작한 일이건, 직업처럼 진지하게 생각하는 일이건, 제대로 공부하겠다고 마음먹은 일이건, 다른 사람들의 결과물을 보며 '나도 저만큼 해야 하는데' 혹은 '저 사람보다 못하면 다음은 없는 거야' 같은 질투와 욕심을 가득 품으며 성장했다.

학창 시절은 물론이고, 다르게 살아 보겠다고 날아온 프랑스에서조차 경쟁에서 자유로울 순 없었다. 어학생이던 시절엔 반 친구들이 나보다 일찍 어학 자격증을 따면 배가 아팠고, 요리 학교에 다니면서는 학기 말 복도에 붙는 소위 '탑 5' 리스트에 이름을 올리려고 안간힘을 썼다. 더는 학교에 다닐 일이 없어지면서 이제 경쟁에 목숨 걸 일 없겠지 싶었지만 그림을 그리기 시작하면서, 글이라는 걸 쓰기 시작하면서 또다시 경쟁병이 도졌다. 경쟁에서 이기건 지건 마지막에 남는 건 허탈감뿐이라는 걸 잘 알면서도 어떻게든 이겨 보려고 아등바등 스스로를 몰아붙이는 나를 어찌해야 할까.

오늘도 남들이 쓴 글과 내 글을 비교해 가며 우울의

극치를 달리던 도중, 세르주 블로크의 인터뷰를 읽고 정신이 번쩍 뜨였다. 200권도 넘는 작품을 발표한 대작가에게 계속해서 작품 활동을 이어 갈 수 있는 끈기의 비결을 묻자 돌아온 대답이 뼈를 때린다. "만들어 놓고 나서 잊어버리는 거예요!" 게다가 동시대의 비슷한 스타일을 추구하는 작가들 책은 절대 보지 않는다며, 자신과 다음 작품 생각만 한다는 유쾌한 그의 말이 어느 때보다 생생하게 들려왔다.

난 지금껏 그와는 정반대의 일만 해 온 셈이다. 경쟁 상대를 늘 예의 주시하며 비교하고 좌절하고 질투했고, 이미 끝난 작업물을 붙잡고 후회만 잔뜩 늘어놓았다. 경쟁을 통해 성장하고 과거의 결과물에서 미래를 발견하는 이들이 분명 있을 테다. 하지만 나처럼 극도로 예민한 정신력과 위장을 가진 사람에게 제일 먼저 필요한 처방은 '잊어버리고 둘러보지 마세요'일지도 모른다.

열 명의 작가 중 가장 통통 튀는 분위기를 가진 세르주 블로크. 그는 다들 한창 취업해서 미래를 준비하는 나이에 이곳저곳 여행도 다녀 보고 잡다한 경험을 마음껏 했다고 한다. 그에겐 '세상의 속도대로 무작정 진도 나가지 않고 나만의 속도로 살아 봤다는 자긍심'이 있다. 정말 멋졌다. 나만의 속도로 살아 봤다는 자긍심이라니. 내 묘비에 새기고 싶은 말이다.

한 달 내내 그가 이야기한 '대단한 기대감이나 불안감 없이 오늘 또 해 보는 태도', '만들어 놓고 잊어버리는 태도', '나만의 속도로 인생을 살아가는 태도'에 기대어 살았다. 그의 호탕한 말 덕분에 책을 계속 읽는 것도, 글을 쓰는 것도, 여행하는 것도 편안하게 받아들일 수 있었다. 오늘도 멋진 이의 멋진 말에 빚을 지며 살아간다. 이토록 고마운 여행이라니.

열 명 혹은 열한 명의 멘토로 남을 책 한 권

이 책은 한 달 살기에 결코 쉬웠던 책은 아니다. 분명 분량도 그렇게 많지 않고, 내용이 전문적이거나 학술적인 것도 아닌데 말이다. 읽다가 자꾸 몽상에 빠져들게 한 책이었기 때문이다. 작가들의 어린 시절 이야기를 읽으며 내 어린 시절을 떠올렸고, 남다른 교육철학에 감탄하며 주변 아이들의 미래를 궁금해하는 등 머릿속 세계를 지웠다 그렸다를 반복했다.

이 책에서 한 달 살기를 마음먹었을 때, 나는 뭘 기대했을까. 큰 목적 없이, 오로지 재미로 책을 여러 번 읽(으려고 노력하)고는 있지만 보통 '이 책에서 무얼 얻고 싶다'는 가벼운 기대 정도는 한다. 이번엔 아마도 창의력의 비밀을 알고 싶었을 테다. 난 아이가 없으니 자녀를 위한 창의성 교육에 대한 기대보다는 내 안의 창의성을 끄집어내는 데 도움을 좀 받고 싶었다. 한 달 살기가 끝났다. 책과 필사 노트를 바라보며 곰곰이 생각해 본다. 내가 원하던 창의성의 비밀을 얻은 걸까. 그런 것 같기도 하고 아닌 것 같기도 하다. 솔직히 말하면 이젠 창의성 같은 건 아무래도 좋다는 마음이다. 내가 정말 얻은 건 삶을 바라보는 태도였다. 어린 시절이 중요하긴 하지만, '세 살 버릇 여든 간다'라는 속담이 순 거짓말이라는 클로드 퐁티의 말처럼 늘 변화하는 게 사람이라는 믿음. 키티 크라우더의 말처럼 '눈에 보이는 물리적 세계 말고도 다른 우주와 질서가 있다'고 여기는 태도. 벵자맹 쇼의 '자신의 결점과 함께하는' 마음.

그림책 작가들은 매번 창의성을 탈탈 털어 내어 작품을 만들어 내야겠지만, 일반인인 나로선 창의력이 많이 요구되는 작업을 하는 일이 드물었다. 그런데 오히려 나이를 점점 먹을수록 창의력을 요구하는 작업이 늘어났다. 바로 내 삶을 만드는 작업이다. 난 이제 뭐 하며 살까, 어느 지역 혹은 나라에서 살까, 어떤 집에서 살까, 어떤 취미를 가질까 등등. 시키는 대로 공부를 하고, 학교와 전공을 선택하고 나면 어느 날 갑자기 내 앞에 수많은 미션지가 도착한다. '삶은 성적순이다, 학교 순이다, 스펙 순이다'라고들 하지만 막상 사회에 나와 보니 삶의 방식과 태도는 훨씬 다양했다. 선택할 수 있다. 이 선택을 위해 생각지도 못한 창의성이 요구되는 것이다.

몽상하길 즐겨서일까, 나름 창의성을 발휘해서 삶을 만들어 왔다는 작은 만족감이 있다. 요리를 배우면서 좀 더 재미있게 살아 보고 싶은데 어떻게 할까 고민하다가 프랑스로 왔고, 월급 도둑 같은 월세 좀 덜 내면서 이런저런 경험도 해 보고 싶은데 어떻게 할까 고민하다가 바퀴 달린 두 평 집으로 이사했다. 내 삶은 아직 끝나지 않았고, 여전히 수많은 선택지가 남아 있다.

그림책 작가들이 매번 새롭고 재미있는 이야기를 창조하듯, 나도 계속 내 삶을 새롭게 창조한다고 생각하련다. 세르주 블로크 같은 대작가도 작업 의뢰가 들어올 때마다 매번 잘할 수 있을지 두려움에 휩싸인다는데, 이번 생은 처음인 내가 내 삶을 만드는 게 왜 어렵지 않을까. 창의성을 발휘해야 하는 매 순간, 한 달간 기대어 살았던 이 이야기들을 떠올릴 수 있다. 앞으로도 잘 해낼 수 있을 것 같은 예감이 든다. 이번엔 운 좋게도 열 명, 아니 열한 명의 든든한 멘토 같은 책을 얻었다.

삶을 바꾼
책에서의 한 달

『아무튼, 비건』

김한민 | 위고 | 2018

존경하는 삶에서 실천하는 삶으로

『아무튼, 비건』은 제목 그대로 비건에 관한 책이다. 비건이 되는 과정, 비건이 겪어야 할 반응들, 그럼에도 불구하고 비건으로 살아가야 하는 이유를 신랄하고 명료한 언어로 풀어낸 책. 비건을 이야기하는 다큐멘터리나 기사, 영화 등의 다른 매체는 많이 접해 보았지만, 책으로 읽어 본 적은 없었다. 수년간 비건이 되어야 할 이유를 '알고 있었음에도' 한 발짝 물러서 있던 나를 번쩍 들어 현실에 메다꽂은 이 책은 내 삶의 뿌리 전체를 흔들어 놓았다.

이 책을 순식간에 읽은 후, 얼마 안 있어 난 동물성 식품을 먹지 않기로 했다. '엄마가 해 주던 목살 김치찌개'나 '추억의 오므라이스' 같은 나만의 소울푸드는 절대 포기하기 힘들 것 같던 나에게 비건은 '당장은 실현 불가능한 미션'에 가까웠는데 말이다. 신기한 건, 이 책이 그렇게 충격적인 것도 아니었고 계속 생각이 날 정도로 내 영혼을 잡아 흔든 것 같지도 않았다는 것이다. 저자가 이야기하듯 이미 알고 보고 들은 내용이어서 '앗, 정말?' 하고 놀라게 되는 부분도 그렇게 많지 않았다.

알고 있던 내용을 책으로 다시 읽는데도, 이상하게 이번만큼은 그냥 넘길 수 없었다. 한 문장이 머릿속에 깊숙이 남았다. 동물 학대와 환경 파괴 등 온갖 악행들이 행해지는 이유는 단 하나, 우리의 세 치 혀 때문이라는 것. 생각해 보니 정말 그랬다. 그냥 먹고 싶으니까, 맛있으니까 우리 모두 눈감고 모른 체하는 거다. 내가 지금껏 어떤 생명에게 그리고 어떤 환경에게 지독하게 끔찍한 일을 가하는 행위에 가담해 온 이유가 '겨우' 이것이라니. 이 단순한 사실을 제대로 바라보지 못하고 살아온 내가 갑자기 낯설었다.

읽자마자 나를 비건이 되게 만들었다는 점에서 이 책의 역할이 끝났을 수도 있지만 내가 이 책에서 한 달을 살기로 마음먹은 이유는 다른 데에 있다. 나는 혼자 밥을 먹으며 살아가지 않는다. 보통 남편과 함께 먹고, 가족이나 지인들과 식사를 하기도 한다. 게다가 나는 고기와 유제품을 숨 쉬듯 먹는 프랑스에 산다.

여행을 마치고 오랜만에 만난 남편의 가족들과 함

께한 첫 끼니부터, 앞으로 비건으로 살아가기로 했다고 고백하지 않을 수 없었다. 그날 저녁 메뉴는 크림소스를 곁들인 닭 요리. 프랑스에서 흔히 먹는 메뉴다. 언제 이야기를 해야 하나 눈치를 보다 내게 음식을 덜어 주려는 순간 '죄송하지만…'으로 말을 시작해야 했다. 나는 그날 저녁 감자구이와 샐러드를 먹었고, 기다리던(?) 시간이 찾아왔다.

채식만 하면 건강에 문제가 생기는 거 아니냐, 유제품 정도까지 먹는 채식주의자는 이해하지만 비건은 너무 극단적인 선택이 아니냐, 고기로만 섭취할 수 있는 비타민 B12는 어떻게 할 거냐… 쏟아지는 질문 세례에 상대를 최대한 존중하며 설명하기 위해 진땀을 뺐다. 닭고기를 썰어 크림소스에 푹 찍어 입에 넣고 있는 사람들에게 공장식 축산의 폐해에 대해 이야기하려니 시선을 어디에 두어야 할지 몰랐다. 이야기하면 할수록 내가 부족한 탓이라는 생각에 머뭇거리게 됐다. '내가 비건을 지향하는 이유를 더 잘 알아야 한다, 과학적이고 구체적인 근거를 더 공부해야 한다.'

내가 만난 프랑스 사람들은 '비타민 B12' 같은 걸 기본으로 알고 있을 만큼 건강 상식에 꽤 관심이 많았다. 그러나 프랑스 식문화에서 육고기와 유제품은 너무나도 전통이 깊고 자부심이 높고 경제적으로 큰 역할을 하기 때문에 이에 반하는 건강 상식은 터부시되는 편이라고 느꼈다. 일부 젊은 층에서 채식 문화가 확산되고는 있지만 다른 유럽 국가에 비해 비건으로 살아가기엔 여전히 불편한 시선이 많다. 게다가 외국인으로서 프랑스의 전통문화를 거부하는 입장이 되니 말 한마디 한마디가 조심스러울 수밖에 없다.

그래서 이 책에서 한 달을 살아 보면 어떨까 싶었다. 나 스스로에게 그리고 주변의 지인들에게도 내가 비건으로 살아가려는 이유를 적확한 언어로 답할 수 있었으면 했다. 그렇게 조금 더 이해받고 나도 그들을 더 이해할 수 있기를, 서로 좀 더 '연결'되기를 바라는 마음으로 고른 책이다. 그래도 '재미'있는 책을 고른다는 기준은 여전하다. 이 책은 재미있다. 분명 불편한 내용을 이야기하는데, 그것을 속 시원하게 풀어놓는 저자의 말솜씨 덕분에 피식 웃으며 읽게 된다. 한 달을 읽고 나면, 내가 좀 더 '연결'되어 있을까?

당신은 어떤 사람이 되고 싶은 겁니까

참으로 사람다운 삶은

우연히 이 책에 대한 악평을 읽었다. 전체적으로 작가의 표현이 과격해서 거부감이 든다는 내용이었다. 잠시 생각해 보니 그렇게 느껴질 수도 있겠다 싶었다. 나도 읽으면서 '오, 세다' 정도의 느낌을 받긴 했지만 거부감까지는 아니었다. 전체적으로 나와 가치관이 맞는 내용이 담겨 있어서겠지만, 그런 나도 읽다가 따끔하게 되는 문장들이 여러 군데에 있었다.

그렇지만 책에서 언급했듯, 이렇게 일침을 가할 사람이 세상엔 분명 필요하다고 본다. 저자처럼 상세하면서도 강력하게 말하는 채식주의자를 실제로 만난 적이 있다. 최대한 비건 생활을 추구하는 벨기에 의사였는데, 부담스러울 만큼 매 끼니마다 공장식 축산을 비난해서 처음엔 거부감이 많이 들었다. 그분께서 저녁에 파티를 열고 싶다고 하기에 케이크를 만들기로 했는데, 버터와 우유를 조금 써도 되냐고 물으니 펄쩍 뛰며 "엄마 소에게서 송아지들을 강제로 떼 놓고 착취한 유제품을 꼭 써야겠어?"라며 핀잔을 주어서 얼굴이 화끈거렸던 기억이 있다.

당시엔 기분이 조금 상해 '채식주의자들은 다 저런가. 무서워서 말 한마디 못 꺼내겠네' 싶었다. 곱게 받아들일 수는 없었지만, 그래도 인정할 수밖에 없었다. 나중에 마트에 가서 우유 팩을 집으려고 할 때마다 '송아지를 강제로 떼 놓고 착취한 우유'라는 표현이 머릿속에 둥둥 떠다녔다는 사실을. 차츰 우유를 덜 찾게 되었고, 그분 댁에서 만든 여러 가지 비건 음식들이 맛있었다는 기억에 힘입어 '동물성 제품이 없어도 잘 먹을 수 있구나'라고 생각하게 된 나를 보면, 그의 '과격한' 말들이 어떤 모양으로든 내 머릿속에 남아 나를 천천히 바꾸었다는 것을 인정할 수밖에 없다.

이 책의 저자처럼, 벨기에 의사처럼 타자를 지키는 길이라면 욕먹을 각오하고 강력하게 말하는 사람도 존재해야 한다. 그들의 말과 행동에 구원을 받는 이가 분명 있다. 이렇게 이야기하는 이유는, 나도 이들의 단호한 언어가 절실한 타자 중 하나이기 때문이다. 'Animals are not property, objects, slaves, machines!'(동물은 소유물, 물건, 노예, 기계가 아닙니다) 책에서 이런 문구가 쓰인 티셔츠 그림을 보고는 잠시 움찔했다. 자연스레 '동물'의 자리에 '나'를 대입해서 읽었기 때문이다. '외국인 여성 노동자'라는 입장에서 '나는 당신들의 소유물, 물건, 노예, 기계가 아니에요!'라고 크게 소리치고 싶었던 적이 한두 번이 아니었기에, 그림을 볼 때마다 한동안 속이 부글거렸다.

십 년간 프랑스에서 외국인 여성 노동자(학생)로 살아가고 있는 내가 제대로 존중받지 못하는 동물들의 삶에 공감하고 안타깝게 생각하는 건 자연스러운 일이다. 어릴 적부터 여성으로서 겪는 다양한 억눌림에 괴로워했는데, 거기에 외국인이라는 무게까지 더해지니 부당한 대우를 받는 날이 더욱 늘었다. 공연히 억울해서 눈물짓는 날도 많았고, 원망스러웠던 적도 많았다. 그러나 내겐 최소한 표현할 권리가 있다는 사실이 나를 계속 이곳에서 살아가게 했다. 억울함과 슬픔을 말과 몸짓, 하다못해 표정으로라도 표현할 수 있고, 이렇게 글로 남겨 다른 이들에게 알릴 수도 있다. 적응하는 데 시간은 좀 걸

리겠지만 지금의 삶을 모두 버리고 새로운 삶을 찾아 볼 기회도 있다. 그러나 동물들은 그럴 권리조차 없다. 살고 싶어도 살 수 없고 고통을 표현해도 아무도 돌아봐 주지 않는다. 그게 얼마나 큰 슬픔이고 외로움일지 나는 가늠조차 할 수 없다. 이번 읽기도 쉽지 않았다. 자주 먹먹했고 이따금 슬펐고 갑자기 외로웠다. 그리고… 한없이 미안했다.

이 책은 이런 글로 시작한다.

참으로 사람다운 삶은 그냥 존재함의 차원에 만족하는 조용한 삶이 아니다. 사람답게 사는 삶은 타자에 눈뜨고 거듭 깨어나는 삶이다.

철학자 레비나스의 말이라고 한다. 어쩌면 난 이 글을 본 순간부터 비건이 되어야겠다고 이미 마음을 먹은 건지도 모르겠다. 사람답게 사는 삶. 지난 몇 년간 내가 그렇게 찾아 헤맨 것. 열심히 공부했고, 열심히 일했고, 열심히 먹고 쓰고 입으며 살았다. 남들은 그게 바로 사람답게 사는 삶이라고 했다. 직장, 명예, 돈, 좋은 집, 풍족한 음식. 뭐 하나 부족할 게 없는데 뭐가 그리 고민이냐고들 했다. 일이 고되거나 몸이 아픈 것쯤은 참을 수 있었다. 그런데 늘 뭐가 하나 빠져 있다는 생각이 따라다녔다. '내가 지금 힘든 건 사람답게 살기 위한 과정 중 하나일 뿐이야. 그런데 정말 이대로 괜찮은 걸까… 이게 진짜 사람다운 삶인가?'

그런 고민이 계속되는 동안 잠을 깊게 자지 못하고 자잘한 병을 달고 살고 목소리에 자주 짜증이 묻어나는 등 몸과 마음 여기저기에서 자꾸만 이상 신호를 보내오자, 하나둘 내려놓고 천천히 앞 대신 옆을 바라보는 법을 배웠다. 그렇게 몇 년의 시간이 흐르자, 어렴풋이 이해하게 되었다. 내가 살고 싶었던 사람다운 삶의 초점은 내 안이 아니라 바깥에 있었다는 걸. 이런 생각을 이 책의 첫 페이지를 읽고는 깨달았다. '타자에 눈뜨고 거듭 깨어나는 삶. 난 이런 삶을 살고 싶었던 거구나.' 비건은 타자를 생각하는 아주 멋진 방법이다. 당장 내 주변의 타자들을 조금 불편하게 만들지는 몰라도, 결국은 더 많은 타자를 위하는 길. 멋지다. 자꾸만 첫 페이지로 돌아가 저 글귀를 되뇐다. 참으로 사람다운 삶은….

무엇으로 뒤덮인 세상

이 책에서 한 달 살기를 하는 동안 남편의 가족들과 함께 식사하는 일이 많았다. 나부터도 집에 채식주의자가 오면 패닉 상태에 빠졌던 경험을 떠올려, 대부분의 식사를 내가 만들었다. 가끔 피곤하거나 가족 중 누군가가 요리하고 싶어할 때는, 평소 먹던 대로 드시라고 하고 내 음식만 따로 만들어 먹는 식으로 가족들의 부담을 최대한 덜어 주고자 노력했다.

가족들은 비건이라고 하면 정확히 어떤 음식까지 허용하는지 잘 몰라 당황했지만 내가 해 준 비건 요리들을 모두 맛있게 먹어 주었다. 볶음밥, 카레, 파스타, 전, 채소 볶음면, 프랑스식 채소 찜 요리, 비건 초콜릿 타르트도 만들었다. "오늘 해 드린 요리 전부 비건식이에요" 하면 이렇게 맛있게 비건 식사를 할 수 있구나 하며 놀란다. 그러나 딱 여기까지다. 본식을 먹고 나면 자연스레 냉장고로 가서 여러 종류의 치즈 플레이트와 디저트를 꺼내 온다. 디저트는 과일 퓌레 외엔 전부 유제품이다. 요구르트, 초콜릿 크림, 플레인 크림, 밤 무스….

비건이 되면 세상이 다르게 보인다고 그랬는데, 어

떤 의미에서 정말 세상이 다르게 보인다. 온 세상이 동물성 제품으로 뒤덮인 것처럼 보인다. 아침마다 마시는 커피에 우유를 넣고, 부드러운 빵에도 우유와 버터가 들어가고(바게트 같은 거친 빵이 아닌 부드러운 빵엔 일반적으로 100% 유제품이 들어간다), 저녁이 다가오면 마시는 시원한 맥주도 젤라틴으로 불순물을 걸러낸다.

아침에 눈을 떠 커피도 마시기 전에 이 책을 꺼내 조금씩 읽었다. 가장 맑은 정신으로 내가 왜 비건이 되기로 한 건지 되새긴다. 그리고 종일 맞닥뜨리는 동물들의 희생을 조금 더 제대로 마주할 수 있기를 기대한다.

언젠가 본 「다이어터」라는 웹툰에 이런 이야기가 나왔다. 또래 아이들보다 체중이 더 나가는 주인공은 다이어트를 시도하지만 쉽지 않다. 집안 형편이 그렇게 넉넉하지 않은 가족들이 주로 끼니를 때우는 음식이 라면 같은 즉석식품이기 때문이다. 나도 프랑스 유학 초반에 주로 먹은 음식들은 마트 진열대 가장 아래 칸에 진열된 라비올리 통조림이나 싸구려 고기가 들어간 토마토소스 같은 것들이었다.

꼭 다이어트 때문이 아니어도 건강에 조금 신경 써보려고 하면 다른 지출을 줄여야 했다. 한바탕 불량 달걀

파동이 일어난 후 유기농 달걀을 사려고 했더니 일반 달걀보다 네 배는 더 비싼 가격에 흠칫 놀랐던 기억, 어쩌다 유기농 매장에 발을 들이면 '도대체 이 정도 가격의 식품들은 누가 사 가는 걸까?' 하며 주변 눈치를 보던 기억이 난다.

'동물 복지 인증', '풀어놓고 기른 닭' 같은 상술은 문제의 본질을 희석하고, 동물을 착취할 수 있는 제3의 선한 방법이 있다고 착각하게 만들기 때문에 어떤 면에서 더 위험하다. 나아가서 그러한 프리미엄 인증이 붙은 값비싼 식품을 사 먹을 수 있는 계층과 그럴 수 없는 계층 간의 위화감을 조성하고, 과거처럼 돈 있는 귀족만 고기와 달걀과 치즈를 먹던 봉건 시대로 퇴행하는 듯한 결과까지 가져올 수 있다.

이제야 알았다. 난 그동안 불편했던 거다. 환경과 동물을 생각한다며 최대한 유기농 달걀로 골라 먹고, 근처 농장에서 풀어놓고 키웠다는 소고기를 사 먹었을 때 들었던 희미한 우월감과 뿌듯함의 정체가 이것이었다. 부끄럽고 민망했다. 공장식 축산의 폐해에 대해 여기저기서 듣고 배운 후에도 치즈는 여전히 맛있었고 고기도 항상 장바구니에 넣고 싶었으므로, 이런 '제3의 선한 방법'으로 위안 삼으며 살아온 나를 들켜 버린 것이다.

저자의 훌륭한 친구가 한 말을 노트에 적어 두었다.

이 모든 것보다 더 근본적이고 광범위하게 퍼져 있는 건 '세상은 안 변한다'는 믿음이야.

우리는 정말 그렇게 믿는다. 나도 그렇게 믿었다. 세상은 변하지 않는다고, 고작 나 하나가 뭘 잘해 보려 해도 헛수고일 뿐이라고. 혼자라도 살아남을 방법을 찾는 게 급선무라고.

사람들은 특히 '환경'이라는 주제에 대해 더욱 그렇게 믿는 것 같다. 어쩌다 환경에 대한 이야기가 화두로 떠오르면 마지막은 늘 이렇게 끝맺는다. "어쩔 수 없지, 이미 늦었는 걸⋯." 생각해 보면 무척 무서운 말인데 마치 할인 판매 기간을 놓친 정도의 아쉬움으로 이야기한다. 그러다 '이미 늦었다', '세상은 변하지 않는다'라는 말을 믿지 않는 사람들을 만났다. '지금이라도' 혹은 '나라도'를 실천하는 사람들. 여유가 있어도 자동차 대신 자전거를 타고 출근하는 사람, 집에서 난방을 거의 하지 않는 대신 스웨터를 입거나 두꺼운 양말을 신는 사람, 없는 시간을 쪼개 다 먹은 잼 병을 깨끗이 씻어 반찬 통으로 재활용하는 사람.

그런 사람들을 존경한다. 변화와 희망을 믿는 사람들. 나도 그런 사람이 되고 싶었다. 그래서 최대한 타는 대신 걸었고, 트는 대신 입었고, 사는 대신 씻었다. 그런데 늘 뭐 하나가 빠진 듯한 느낌은 피할 수 없었다. 내가 매일 입에 넣는 고기, 우유, 케이크, 치즈를 볼 때마다 이질감이 들었다. '이런 것들을 먹으면서 과연 내가 변화와 희망을 이야기할 수 있을까?' 그러나 질문은 잠깐이었고 일상은 유지되었다. 그러다 『아무튼, 비건』을 만났다. 책의 한 글자 한 글자가 몸에 박혀 나를 찔렀다. 정말 내가 이대로 변화와 희망을 이야기할 자격이 있느냐고.

사람들이 비건이 되기로 결심하는 데에는 크게 세 가지 이유가 있다. 동물, 환경, 건강. 책에 나온 설문에 따르면 동물의 비율이 가장 높고, 그다음으로 건강과 환경이 따른다고 한다. 난 환경 때문이었다. 고양이와 함께 사는 사람인 만큼 동물을 소중하게 생각하지만, 내 몸의 건강도 꽤 신경 쓰고 살지만, 환경 때문에 더는 미룰 수 없다고 생각해서 비건 생활을 시작하기로 했다. 이제 다른 선한 방법이 있다는 착각에 기대어 한 발짝 물러나 있는 일은 그만하자고, 난방을 줄이고 재활용하는 것도 좋지만 환경을 위하는 가장 효과가 큰 방법을 알고 있으면서 모른 척하는 일도 그만하자고 말이다. 존경한다고 말만 하지 말고 그들과 닮은 삶을 살아가자고, 침대맡에 펼친 책을 보며 매일 저녁 마음을 다졌다.

내가 새로 맡을 수 있는 역할

요즘은 아침에 일어나 찌뿌둥한 느낌이 없다. 철분이 늘 부족한 편이어서 가끔 어지럼증을 느끼곤 했는데 거의 사라졌다. 살이 조금 빠졌지만 약해졌다는 기분은 들지 않는다. 내가 비건을 하기로 마음먹은 가장 마지막 이유는 건강이다. 솔직히 말하자면 내 건강 따위야 아무래도 좋았다. 이 책을 읽기 전엔 동물성 식품이 몸에 나쁘다는 사실조차 제대로 몰랐다. 그런데 비건을 하다 보니 알게 되었다. 사람들의 관심을 가장 쉽게 끌 수 있는 방법은 바로 '건강 마케팅'이라는 것을. 슬프게도 세상엔 자신의 식생활을 '희생'해 가면서까지 환경이나 동물에 신경을 쓰고 싶은 사람들이 그렇게 많지 않다는 걸 알았다. 그리고 아무리 고개가 끄덕여지는 이론을 듣더라도 실제로 보거나 느끼지 않으면 이내 잊어버리는 사람도 많다. 나도 마찬가지였고.

그런데 비건 생활을 하며 건강해지고 있다는 게 티가 나기 시작했다. 내가 느끼기도 전에 주변에서 알아차린다. '이번 겨울도 또 독감으로 난리네. 어, 그런데 너는 멀쩡하네?', '넌 이것저것 꽤 많이 먹는 것 같은데 살이 빠졌네?', '쟤는 어떻게 아침에 일찍 일어났는데도 개운한 얼굴이지?' 최근에 자주 들은 말들이다. 사실 이런 이야기들이 듣고 싶어서 최대한 열심히 골고루 챙겨 먹었다. 최소한 채식을 하기 시작하면서 더 부실해 보인다는 이야기는 듣지 않고 싶다는 오기가 생긴 것이다.

수시로 책을 읽으며 지내다 보니 시간이 훌쩍 지났다. 스스로 납득할 수 있는 부분들이 더 많아져서 머릿속도 개운해졌다. 우유와 버터 캐러멜이 잔뜩 들어간 초코바를 보아도 먹고 싶다는 생각이 별로 안 든다. 그간 내 비건 생활은 비교적 평탄했다. 가을이 깊어지니 맛있는 제철 채소가 잔뜩 나왔다. 단호박을 듬뿍 넣고 두유를 조금 더해 부드러운 수프를 끓였다. 야생버섯도 이제 끝물이지만 잠깐 산책하는 동안 바구니 두 개를 가득 채웠다. 그 어떤 고기보다도 맛있고 향긋한 야생 송이와 지천에 널린 솔잎을 넣어 잡곡밥을 지었다. 매끼는 아니지만 가끔 함께 밥을 먹는 남편의 가족들이, 우리와 지낸 며칠간 고기를 입에 대지 않았다는 사실에 놀라워했다. 프랑스 사람들은 고기나 생선을 거의 매일 먹기 때문에 당연한 반응이었다. 그렇다고 내가 콩으로 만든 가짜 고기를 대접한 것도 아니다. 그냥 채소로 즐길 수 있는 메뉴를 다양하게 만들었을 뿐.

처음으로 비건이 되면 어떨까 하고 생각했을 때 내가 지금까지 배운 프랑스 요리가 아깝기도 했다. 정통 프랑스 요리엔 버터, 크림, 고기 육수가 어마무시하게 들어간다. 소스 없이 못 사는 프랑스 사람들 입맛에 맞춰 여러 가지 요리법을 배웠고, 이를 토대로 레스토랑에서 일도 했었다. 그런데 비건이 되면 전부 다 새로 배워야 한다! 이것 때문에라도 난 절대 비건이 되지 못할 거라 여겼었다.

각자의 역할이 중요하다는 책 속 문장에 밑줄을 그었다. 한 달 넘게 꾸준히 비건 요리를 만들다 보니 오히려 내가 요리를 배운 게 축복이라고 느껴졌다. 각 재료와

성분의 특성을 어느 정도 알고 있으니 어떤 재료로 대체할 수 있을지에 대한 감이 있어 비건 요리에 익숙해지는 게 어렵지 않았다. 만약 내가 요리를 잘 못해서 시중에 나와 있는 비건 가공 식품들로만 배를 채워야 했다면 이 생활을 지속할 수 있었을지는 잘 모르겠다. 시간이 갈수록, 책을 읽으면 읽을수록 이 좋은 걸 나누고 싶다는 생각이 든다. 오랜만에 의욕이 샘솟는다. 새로운 역할이 생겼다.

가이드로 남을 책 한 권

정말이지 지난 한 달은 『아무튼, 비건』과 연애를 했다고 말해도 과장이 아닐 테다. 마음이 약해지려고 할 때마다, 쏟아지는 질문에 편히 대답하고 싶을 때마다, 외로워져서 마음이 통하는 이와 대화하고 싶을 때마다 책을 펼쳤다. 책을 펼치던 나의 표정은 엄마 손을 급히 붙잡는 어린아이의 그것과 비슷했을 것이다.

불어를 잘 못하던 시절 어떤 기관에 항의하러 가야 했을 때마다 항상 프랑스인인 남편과 동행했던 것처럼, 난 이 책을 방어막으로 삼고 싶었다. 나도 내가 왜 비건이 되고 싶은지, 되어야 하는지 제대로 확신이 안 서니 책을 빌려 대신 대답을 해 주고 싶었던 거다. 책을 빌려 덜 외로워지려고 했던 동시에 책을 통해 혼자 당당히 서기 위한 준비를 했던 건 아닐까.

비건이 되기로 마음먹은 후, 난 자주 착각에 빠졌다. 난 지금 대단한 일을 하고 있고, 다른 사람들과는 다르며, 그 사람들을 바르게 이끌어야 한다는 의무가 있다고 여겼던 것 같다. 비건이 된 지 얼마나 되었다고 갑자기 불어난 자부심을 여기저기에 흘리고 다니고 싶었다. 마침 한국의 SNS에서 비건이 유행처럼 자주 회자되기 시작했다. 마치 내가 선구자라도 된 것처럼 으쓱해졌다. 그런 태도가 어느샌가 스스로 느끼기에도 거북했고, 그게 책 덕분이라는 걸 알아챘다. 나는 다른 사람들보다 나은 사람이 된 것이 아니다. 더 나은 사람이 되고자 하는 일에 타인과 비교하고 우월감을 느낄 이유는 없다. 비건을 지향하는 이들이 늘어나 모두가 함께 연결되어 살아가기를 바라는 마음이 선명한 저자의 말들을 계속 만나다 보면 알 수 있다.

책 한 권을 읽었다고 삶의 큰 축을 바로 틀어 버리는 사람은 드물 것이다. 특히 타인의 말을 의심부터 하고 보는 성질의 나로선 여태껏 한 번도 겪어 보지 못했던 충격적인 일이다. 하루 아침에 비건이 되겠다고 선언한 나를 한 달 내내 끈기 있게 잡아 주고 설명해 주고 혼내 준 이 책이 아니었다면 내게 비건은 여러 사람들에게 그렇듯 한때의 유행으로 지나가 버렸을지도 모르겠다.

'타자를 위해서'라는 거창한 포부로 읽기 시작한 책

은 한 달을 함께하며 다르게 다가왔다. 나는 어떤 비건이 되어야 하는지. 나는 비건으로서 어떤 역할을 맡아야 하는지. 나는 비건을 통해 무엇을 얻을 것인지. 나는 비건이기 전에 인간으로서 어떻게 살아야 하는지. 결국 나를 위한 이야기였다. 책은 내게 여러 번 물었다. '그러니까 아무튼, 당신은 어떤 사람이 되고 싶은 겁니까?'라고. 이 작은 책을 곱씹고 또 곱씹는 일은 내게 꼭 필요했던 과정이었을 것이다. 신기하게도, 읽을 때마다 머릿속 한구석이 개운해졌다. '아, 이래서 내가 그동안 불편했던 거구나', '아, 이게 이런 의미였구나', '아, 이런 부분을 조심해야 하는구나'.

파리에 살던 시절, 혼자 오르세 미술관에 간 적이 있다. '오, 저게 그 유명한 고흐 그림이구나' 정도의 감상에만 머물다가 한국인 관광객 무리를 만났다. 가이드가 방금 전 내가 본 그림 앞으로 사람들을 불러 모으며 그림에 대한 설명과 뒷이야기들을 들려주기 시작했다. 호기심에 잠깐 엿들었는데, 방금 전까지 내가 본 그림이 같은 그림이라고 믿기지 않을 만큼 다르게 보이기 시작했다. 설명을 듣기 전까진 분명 그저 멋지고 아름답기만한 그림이었는데 어느새 음울하지만 신비한 기운을 내

뽑기 시작했다.

이 책과 만난 후 내 세계는 그날의 고흐 그림만큼이
나, 아니 더 강렬하게 뒤바뀌었다. 식탁에서, 마트에서,
『아무튼, 비건』이라는 안내자가 내게 조근조근 속삭인
다. '이 식품의 뒷면에 숨겨진 이야기가 있는데 들어 보
시겠어요?', '사람답게 사는 삶이 무엇이라고 생각하시
나요?'라고.

타인을 제대로 마주하게 되는
책에서의 한 달

『대리사회』

김민섭 | 와이즈베리 | 2016

우리는 연결되어 있다

르포르타주 문학의 매력을 최근에야 알았고, 그동안 이 문학 장르를 모르고 보낸 시간이 아쉬울 만큼 빠져 버렸다. 자신의 주변과 경험을 솔직하게 쓴 책을 읽어 보고 싶어 선택한 책 『대리사회』. 초반부부터 느낌이 심상치 않다.

이 책엔 저자가 대학 시간강사를 그만두고 대리운전 기사로 일하게 되기까지의 과정과 그 후의 일들, 그리고 노동 너머 현실의 기록이 담겼다. 대학강사와 대리기사라는 다소 거리가 멀어 보이는 두 직업을 직접 겪으면서, '노동'이라는 주제 안에서 함께 풀어낼 수 있는 이야기가 이렇게 많을 수 있다는 것에 감탄했다. 그리고 그 노동이 다른 노동과 어떻게 연결되는지, 타인들의 노동에 어떤 영향을 미치는지도 세심하게 바라본 글들이 좋아서 얼른 한 달을 살아 보고 싶었다.

사실 노동의 실태와 의견을 담은 글들은 신문 기사

등 다른 매체에서도 충분히 봐 왔고, 이미 세상엔 현실을 취재하고 비판한 이야기가 차고 넘친다. 그런데도 특별히 이 기록에 끌린 이유는 무엇일까. 그 이유를 나는 저자의 시선에서 찾았다. 노동이라는 주제를 일반적인 노동의 기준에만 제한하지 않으려고 하는 저자의 노력이 보였다. 대학에서 연구하고 강의했던 길고 지난했던 시간 동안에도, 밤에 홀로 일터로 나가야 했던 시간 동안에도, 자신의 곁에서 가정을 지켜야 했던 아내의 또 다른 형태의 노동에 대해서 분명하게 언급한다. 분명 노동에 대한 이야기인데, 묘하게 전 책 『아무튼, 비건』과 겹친다. 노동에 가려진 '타인'의 숨은 이야기가 쉴 새 없이 튀어나왔다.

그간 다양한 형태의 노동을 해 왔고 또 목격하기도 했다. 특히 '보이지 않는 노동', '제대로 대우받지 못하는 노동', '겉과 속이 다른 노동'을 보면 쉽게 지나치지 못했다. 나부터가 그런 노동을 주로 하며 살아왔기 때문이다. '외국인 노동자'의 입장에서, '아내'의 입장에서, 육체적으로 고단하지만 임금은 적은 '요리사'의 입장에서 일을 해 오다 보니 내 '일'을 보아주고 알아주는 다른 어떤 이에게 공감과 위로를 받고 싶었던 걸까? 이번 달엔 잘 정

돈된 글에서 나를 발견할 수 있는 책에서 한 달을 살아
보고 싶었다.

매번 책을 처음 펼친 날과 한 달 후의 책에 대한 인
상이 꽤 많이 달라져 있는 걸 경험했는데, 이번 책은 어
떻게 바뀔까. 조금은 두렵기도 하다. 내가 그동안 모르고
살았던 '대리로서의 삶'과 '대리를 만든 삶'이 드러나는
것이. 내겐 어느 쪽이 더 강하게 다가올까. '타인'의 입
장에서 위로받는 날보다 '타인'을 대하는 나의 태도에서
부끄러움을 발견하는 날이 더 많은 건 아닐까. 부디 그간
숨겨 왔던 민낯을 내보이는 날이 적기를 바라 본다.

함께 주체가 되어 살고 싶었다

분노가 개인 혹은 나를 향하지 않는 것

「별에서 온 그대」라는 드라마에 이런 장면이 나온다. 남자 주인공의 강의실에 여자 주인공이 수업을 들으러 왔는데, 그녀가 '교수님'이라고 하자 그가 '강사입니다' 하고 정정하는 모습이 여러 번 비쳤다. 잘 이해가 되지 않았다. 내가 '강사?' 하고 의문을 가진 건 작가님의 말처럼 보통 학생들은 정규직 교수와 비정규직 시간강사를 구분 없이 '교수님'이라고 부르기 때문이었다. 그래서 남자 주인공이 '강사입니다'라고 정정했어도, 그런 정정이 뭘 의미하는지 몰랐다. '대학'에서 학생들을 가르치는 사람이면 다 교수려니 했기 때문이다.

정규직 교수가 되기 전, 길고 긴 시간강사와 연구원으로서의 노동에는 내가 상상했던 만큼의 대우와 생활이 보장되지 않는다는 저자의 폭로가 잘 믿기지 않았다.

아이가 태어나자 어떻게든 4대 보험을 보장받기 위해 맥도날드와 대학 두 곳에서 쉼 없이 일해야 했다는 부분은 충격적일 정도였다. 이런 실제 경험을 인터넷에 써서 올리자, 얼마 후 같은 대학의 '을'이었던 동료 연구원들이 찾아왔다고 한다. 그리고 동료 연구원들이 비판한 건 대학이 아닌 저자였다.

몇 년 전, 한 한인 식당에서 아르바이트를 했을 때였다. 프랑스어가 익숙하지 않은 유학생들은 한인 식당에서 주로 일하는데, 일반 프랑스 식당에서 아르바이트하는 것보다 낮은 임금을 받고, 계약서도 제대로 쓰지 않는 곳이 허다해서 법적인 보호를 받지 못하는 경우가 많다. 이게 한인 식당 아르바이트의 룰처럼 정해져 있어서, 타국에서 외국인으로 살아가는 '을'들은 울며 겨자 먹기로 '갑'의 규칙에 따른다.

그래도 한인 식당에서 일하면 타국에서 외롭게 살아가는 한국인끼리 친하게 지낼 수 있어서 좋았다. 열악한 환경이지만 '을'끼리 서로 돕고 격려하는 분위기 덕분에 즐겁게 버텼다. 그런데 어느 쉬는 날 집에 있는 내게 한 남자 동료가 전화를 걸었다. 반갑게 전화를 받았는데 그가 갑자기 나를 마구잡이로 나무라기 시작했다. 그는 냉장고 정리가 제대로 되어 있지 않다, 도대체 일하는 동안 뭐 했느냐, 이런 정신으로 어떻게 요리를 공부한다는 거냐고 화를 냈다. 이런저런 충고는 받아들일 수 있었지만 나를 슬프게 만들었던 건 '월급 받을 자격'을 운운하고, 마치 자신이 손해를 보기라도 한 듯 사장처럼 나를 몰아세운 그의 말들이었다. 차라리 사장이 직접 내게 전화했다면 덜 고통스러웠을 것이다.

함께 싸워 나갈 동료라고 생각했던 이가 '갑'의 입장을 (스스로) 대변해 나를 몰아세웠던 그 말들은 아직도 아픈 기억으로 남아 있다. 일터로 돌아가 다른 동료와 이야기해 보니 그도 스트레스로 꽤나 예민해져 있던 모양이라고, 내게 모른 척 이해해 주길 권했다. 그의 스트레스로 생긴 분노가 같은 을이 아닌 갑에게로 향했다면, 함께 싸워 나가길 원했다면, 내가 그때 조금은 덜 외로웠을 것이라고, 책 속 문장이 알려 주었다.

다만 그 분노가 개인을 향한 혐오가 되어서는 안 되고, 자기 자신을 향한 것이어서는 더욱 안 된다. … 그렇게 강조된 환각에서 깨어나 온전한 나로서/우리로서 '즐겁게' 싸워 나가야 한다. 그러면 외롭지 않을 것이다.

분노가 개인 혹은 나를 향하지 않는 것. 그건 알고 있어도 실천하기에는 절대 쉽지 않은 일이다. 처음으로 '을'로서의 입장을 견고히 다지기도 전에 같은 '을'에게 상처받았던 나는 결국 서둘러 그곳을 나왔다. 저자도 동료라고 생각했던 다른 '을'들이 그를 찾아와 '갑'을 대신해 나무라지 않았다면 계속 대학에 남아 함께 맞서 싸워나갔을까.

티 나지 않는 노동의 고백

대학 시간강사에서 대리운전 기사로의 이동은 얼핏 보기엔 전혀 합리적이지 않은 선택으로 보이지만, 표면 뒤에 감춰진 노동 환경만 따지고 보면 충분히 이해할 수 있다. 시간강사와 대리기사는 모두 비정규직이다. 그러나 노동 시간 대비 대리기사의 수입이 더 높고, 근무 시간이 더 유동적이라는 차이점이 있다. 대리운전을 시작하고 나서야 아이의 장난감을 하나둘씩 살 수 있게 되었다는 저자의 고백에서 내 표정이 조금 부드러워졌다.

급여나 근무 시간도 중요하나 저자의 선택에 공감할 수 있었던 이유는 따로 있다. 노동을 나누는 기준은 여러 가지일 수 있겠지만, 티 나는 노동과 티 나지 않는 노동으로 나누어 볼 수도 있겠다. 그 '티'라는 것은 돈도 될 수 있고 시간도 될 수 있고 땀도 될 수 있다. 일반적인 노동의 세계에서는 돈으로 티가 나는 걸 선호한다. 월급을 많이 받으면 일하는 티가 팍팍 나니까 말이다. 그런 면에서 글쓰기 같은 창작은 노동했다는 티가 거의 나지 않는 편이라 조금 속상하기도 하다. 특히 여성 작가는 표면적인 인정이나 보상이 제대로 나타나지 않는 집안일과 육아, 글쓰기에 어려움을 겪는 경우가 많은 것 같다. 티 나지 않는 노동은 오래 지속하기 무척 어렵다. 언젠가 지쳐 버리기 때문이다.

다행스럽게도 난 조금은 다른 노동의 세계를 만난 적이 몇 번 있다. '우핑'(WWOOFing, 유기농 농가의 일손을 돕는 대신 숙식을 제공 받는 커뮤니티 활동)이라는 시스템을 통해 새로운 노동의 의미를 배울 기회가 있었던 것이다. 우핑을 하는 동안에는 보통 아침 일찍 일어나 잡초를 뽑거나, 비닐하우스를 고치거나, 동물들의 먹이를 주었다. 땀도 뻘뻘 흘리고 당장은 크게 의미 없어 보이는 육체노동을 하고 있으면 농장 주인이 다가와 물 한 잔과 함께 칭찬 한마디씩을 건넸다. 한숨 돌리며 뒤를 돌아보면 어느새 깨끗해진 밭이, 반듯해진 비닐하우스가, 가득 찬 먹이통이 있었다. 그리고 곧바로 노동의 대가를 받았는데, 맛있는 음식을 마음 편하게 먹을 수 있었고 따뜻한 방에 들어가 쉴 수 있었다. 내가 한 노동이 티가 나서 스스로에게 만족감을 주는 것, 다른 이에게 듣는 칭찬 한마디가 얼마나 귀한 것인지 처음 맛보았던 순간이다.

대리운전의 세계엔 이러한 규칙이 있다고 한다. 일한 다음 날에 반드시 전날의 노동료를 지급할 것. 저자는 다음 날 아침 '바로' 대가를 받는 것에 한동안 감격했다고 썼는데, 충분히 공감할 수 있었다. '나 오늘 힘들게 노동했어요'라는 티를 팍팍 내며 허겁지겁 접시를 비우고, '에구구' 소리를 내며 침대에 풀썩 드러누울 수 있는 순간이 노동 후 바로 찾아온다는 것. 정말 귀한 대가라는 것을 아니까.

저자가 급여도, 정규직이라는 미래도 '기다림'이라는 간단한 말에 눌려 생활을 유지하기가 어려웠듯, 나도 이 말에 지쳐 나가떨어진 경험이 있다. 레스토랑 주방에서 일했던 나는 정규직이었지만 그 단어에 '급여'나 '미래'는 포함되지 않았다. 생활비가 부족했던 건 아니지만 시도 때도 없이 밀리는 급여는 지난날의 내 고된 노동이 티 나지 않게 사라져 간다는 인상을 주었다. 급여를 미루는 직장에서 내 미래라고 신경 써줄 리 만무했다. 직급이 높아짐에 따라 노동 강도와 시간은 갈수록 늘어났고, 이 상태를 지속한다면 얼마 못 가 건강상의 이유로 일을 그만둘 수밖에 없겠다는 사실이 자명했다. 서류상으로는 정규직이었지만 비정규직과 다름없는 대우를 받았던 것과 마찬가지였다. 이를 이유로 노동 환경의 개선을 제의했지만 무시당했고, 예견된 대로 나는 번아웃을 겪은 후 도망치듯 레스토랑을 그만두었다.

나는 큰돈을 벌 수 있는 직업을 선망하지 않는다. '월급이 높은 직장＝좋은 직장'이라는 공식으로 직업을 바라보는 것도 아니다. 대신 월급이 높고 낮고를 떠나, 노동에 대한 최소한의 존중을 보여 주는 직장을 좋은 직장이라고 본다. 최소한의 존중엔 약속한 시기에 늦지 않게 지급되는 월급이, 그리고 그를 지키지 못했을 때 먼저 양해를 구하고 사과하는 당연한 태도가 있을 것이다.

그러나 속상하게도 이 당연한 일들이 자주 당연하지가 않다. 그래서 대리운전을 한 후 다음 날 아침 바로 입금되는 노동의 대가에, 하루 종일 밭을 일구고 받는 푸짐한 밥상에 감격하는 사람이 존재하게 되는 것이다. 지금껏 시간강사로서는 누려 보지 못했던 티가 나는 노동의 대가, 일한 만큼 돌아오는 생계를 이어 갈 수 있을 만큼의 급여, 가족과의 미래를 계획하고 준비할 수 있을 만큼의 시간. 이를 위해 대리운전을 시작한 그의 이야기는 남의 것이 아니었다. 내가 겪어온 것이자 지금도 경험하고 있는 선택의 이야기였다.

주체로서 함께 한다면

직장을 그만두고 밴에 살기 시작하며 나와 남편은 동료가 되었다. 아침에 커피를 마시며 서로의 계획을 공유한다. 나는 글을 쓰고 그는 사진을 찍고 식사와 다른 집안일들을 어떻게 나눠 할 것인지 대화하며 하루를 시작한다. 대화는 평화롭고 노동은 피로하다. 우리의 창작 활동은 늘 평탄하지만은 않고 매일 반복되는 가사 노동은 지루하지만, 그뿐이다. 어렵지만 하고 싶은 일을 한다는 만족감에 위로받고, 끝이 보이지 않더라도 자신의 몫은 스스로 책임지고 있다는 자부심을 동력으로 삼아 하루를 마치는 삶은 나름 괜찮은 삶 아닌가.

대학강사와 맥도날드 직원, 대리기사 그리고 작가

로 움직이는 저자처럼, 자신에게 맞는 노동과 삶을 찾아다니는 사람들의 이야기는 허리를 바로 세우고 집중해서 읽게 만드는 힘이 있다. 자신만의 '나름대로 괜찮은 삶'을 찾고자 하는 노력은 그 자체로도 존중받아 마땅하다고 믿는다. 그리고 그 '나름대로 괜찮은 삶'에는 노동이 빠질 수 없다. 노동하는 사람의 얼굴엔 어떤 아름다움이 깃들어 있다. 그 아름다움을 알아보고 그의 노동을 존중하는 이들을 존경한다. 이 책엔 그런 존중의 시선이 스며들어 있어서, 책장을 넘기는 동안엔 잘 살고 싶다는 다짐에 마음이 뻐근해지곤 했다.

설레는 시간이 쌓이면 쌓일수록, 타인의 '노동 이야기'를 더 많이 듣고 싶어졌다. 현재, 과거 그리고 앞으로의 노동 이야기 말이다. 그 어떤 복잡한 관계에 얽혀 시선을 흩트리지 않고, 아름다움이 깃든 그들의 노동하는 얼굴을 더 많이 듣고 살아가고 싶은 것이다. 그들이 자신의 노동을 자꾸 말하고 다녔으면 좋겠다. 그렇게 떠들고, 쓰면서 세상에 존재하는 각양각색의 노동의 얼굴이 밖으로 자꾸 드러났으면 좋겠다.

다정한 기사님으로 남을 책 한 권

여러모로 나를 많이 들쑤셔 놓았던 책에서의 한 달이었다. 너무 많은 곳에서 나와 가족과 지인 그리고 스쳐 지나간 타인들이 보였다. 슬프기도 했고, 통쾌하기도 했고, 아프기도 했다. 그래도 계속 행복한 마음으로 책을 읽고 또 읽을 수 있었던 건, 아마도 작가님의 다정한 말투 덕분이 아니었을까. 아프고 화나는 내용이 많았지만, 이상하게 괴롭지는 않았다.

가끔, 어떤 주제라도 무겁지 않고 산뜻하게 대화할 수 있는 상대를 만난다. 모르면 아는 체하는 대신 모른다고 하고, 자칫 욕먹을 수 있는 주제에 대한 의견도 숨지 않고 확실하게 피력하고, 누군가를 있는 그대로 존경하며 자신을 묻어가지 않는 사람. 그런 사람을 만나면 몇 시간이고 붙들고 이야기를 나누고 싶다. 이 책을 읽는 한 달 동안엔, 바로 그런 행운을 거머쥔 것만 같았다.

저자의 이야기에 전부 공감할 수는 없더라도, 자신

이 처한 상황과 많이 다르더라도, 다정한 사람이 차분하게 들려주는 '타인'의 이야기는 누구에게나 권하고 싶어진다. "어떠한 삶을 살아가게 되든 육체노동을 반드시 하겠다"라고 선언한 부분에는 마음속으로 여러 번 밑줄을 그었다. 나도 그런 생각을 조금씩 품고 지냈는데, 건강한 노동에는 어떤 강력한 힘이 있다는 걸 확실히 알기 때문이다. 타인을 존중할 수 있는 힘이 생긴다. 지금까지 내가 겪었던 육체노동을 떠올리면 '대체 어떻게 버텼을까' 싶은 힘든 순간도 많지만 후회되지는 않는 이유가 이것이다.

저 문장 하나만으로도 이 책에서 한 달 살기를 해서 다행이라고 여겼다. 한 책을 한 달간 계속해서 읽으면, 내용을 외운다기보다는(저절로 외워지기는 하지만 그렇게 오래가지는 않는다) 마음에 새겨진다는 게 맞겠다. 어느 퀴즈 프로그램에 나가서 '몇 장 몇 번째 소제목의 내용은?' 같은 물음에 답할 수 있을 만큼 실용적인 읽기는 아니지만, 내 곁에 책이 아니라 사람 하나하나가 더해지는 기분이다. 그것도 아주 든든한.

지난 한 달간 크고 작은 노동을 하고 목격하며 다정한 책 속의 말들을 생각했다. 내가 놓치고 있는 숨은 노력은 없는지, 타인을 더욱 존중할 방법에 무엇이 있을지, 주체로서 함께 살아가려면 어떤 일을 해야 하는지를 고민했다. 시간이 더 흘러 이 마음들이 흩어지려 할 때, 이 책이 다시 내가 가려던 곳으로 데려다주지 않을까 기대해 본다.

이번에 내 곁에 남아 준 사람은 기사님이다. 게다가 무척 다정한 기사님. 혼자서 도저히 집까지 찾아갈 수 없는 내게 다가와 나를 안전하게 데려다준다. 세상이 밉고, 외롭고, 왜 이렇게 살아야 하는지 몰라 헤매고 있을 때, 그때마다 '어디로 데려다 드리면 될까요?' 하고 물을 것이다. 차에 올라탄 나는 기사님의 이야기를 들으며 눈을 감는다.

온전한 우리로서 '즐겁게' 싸워 나가야 해요. 그러면 외롭지 않을 거예요.

언어 속에 빠져 살고 싶어지는
책에서의 한 달

『사라지는 번역자들』

김남주 | 마음산책 | 2016

동경을 들여다보기

번역가는 언제나 내게 동경의 직업으로 남아 있다. 어떤 외국어를 심도 있게 공부한 사람 중에 번역가를 꿈꿔 보지 않은 사람이 없을 테지만, 프랑스어를 제대로 배워 보기도 전부터 이미 번역에 관심을 가졌다는 것이 조금 남달랐다고 할까. 인터넷 사전도 없던 시절, 이토록 어려워 보이는 문학을 내가 이해할 수 있는 언어로 척척 옮겨 내는 보이지 않는 누군가가 내겐 저자만큼이나 대단해 보였기 때문이다.

그러나 이 책의 제목처럼 번역가는 '사라지는' 것이 직업윤리이기라도 한 것인지, 그들의 이야기는 잘 찾아보기 힘들었다. 번역가가 쓴 책은 고사하고, 번역서의 마지막에 '옮긴이의 말'조차 실리지 않은 경우도 많았다. 아주 가끔 신문에서 번역가의 인터뷰를 발견하면 한 자도 놓치지 않고 꼼꼼히 읽었지만, 나의 소심한 동경을 제대로 충족시켜 주진 못했다.

그런데 요즘 들어 번역가의 책이 조금씩 보이기 시작했다. 이런 횡재가. 보이는 족족 사거나 빌려서 읽어나갔다. 그들이 '옮긴이의 말'에 다 담지 못한 이야기, 그들이 책 뒤에서 '사라지는' 동안 그들에게 '생겨난' 사유의 말들에 흠뻑 빠져들었다. 그러던 어느 날, 김남주 번역가의 책이 나왔다는 걸 알게 되었고, '김남주 번역'으로 읽은 책들을 떠올렸다.

번역가라는 직업에 관심은 있지만 번역가 한 사람 한 사람의 이름을 잘 기억하지는 못한다. 가끔 책을 읽다가 번역이 별로여서 다른 번역본으로 바꿔 읽을 때, '아, 이제야 이 책에 맞는 번역가를 만났구나' 싶을 때 그 이름을 기억해 둔다. 그중 한 사람이 김남주 번역가였다. 고전의 경우 여러 출판사의 다양한 번역본이 존재하는데, '김남주 번역'이 표지에 보이면 서평도 보지 않고 일단 집어 드는 내게 그녀는 프랑스어 번역의 어떤 상징적인 존재였다. 그러니 작가로 변신한 번역가의 이야기를 어찌 들어 보지 않을 수 있으랴.

이 책은 저자가 프랑스 아를의 번역가 회관에 머물곤 했던 지난 10년간의 이야기를 솔직하게, 때로는 조금 각색해서 쓴 산문집이다. 번역가 회관의 생활과 동료 외국인 번역가와의 만남에 초점을 두지만, 어느새 이야기는 '번역'과 '문학'이라는 결에 스며들어 투명해진다. 지금까지 읽었던 다른 번역가의 책이 번역가라는 직업 자체의 경험과 삶의 방식에 초점이 맞춰져 있었다면, 이 책은 직업에 대한 개념보다는 '번역'이라는 행위의 의미와 고민에 우선했다는 인상을 받았다.

아를의 번역가 회관에 모여든 프랑스어 번역가들과 한 달을 지내 보면 내가 왜 그렇게 번역이라는 직업 혹은 행위에 빠져드는지를 조금 알 수 있지 않을까. 이름만 남기고 흔적은 사라지는 번역가의 진심이나 목적 같은 건 끝내 알지 못하더라도, 그들이 향하고자 하는 방향 정도만이라도 엿볼 수 있다면 내게 어떤 식으로든 의미를 남겨 주리라 믿는다.

누군가의 언어를 옮긴다는 것은

언어 너머의 인연

2013년 봄, 파리 요리 학교의 입학식 날. 건물 바깥에서 부터 강의실까지 여러 언어가 뒤섞이며 귓속을 어지럽혔다. 그곳엔 프랑스인보다 외국인 유학생이 월등히 많았고, 영어로 수업을 통역해 주었기 때문에 불어를 할 줄 아는 사람이 적은 편이었다. 다양한 국적과 언어는 물론이고 나이도 외모도 가지각색이었던 그 혼란스러웠던 첫날. 개중엔 영어도 불어도 잘하지 못하는 동료도 분명 있었다.

같은 반에 배정되었던 동료 중에 러시아에서 왔다는 한 남자가 그 경우에 속했다. 한 달이 넘도록 실습 시간에 냄비를 하나 나눠 달라거나 다음 수업 강의실이 어디인지 묻는 정도가 내게 말을 거는 경우의 전부였는데, 그마저도 러시아어로 말했기에 눈치로 알아들었을 뿐이다. 그러던 어느 날 강의실 바깥에서 다음 수업을 기다리던 중 그가 내게 책 한 권을 내밀었다. 프랑스어로 된 요리책이었는데, 사전을 찾아가며 러시아어로 빼곡히 필기해 둔 것이었다. 그중 사전으로도 못 찾은 듯한 문장을 가리키며 내게 알려 달라고 했다. 그건 'Passez au chinois'라는 문장이었는데, 사전이 알려 주는 대로 단어들을 직역하면 '중국인에게 건네주세요'라는 이상한 말이 된다. 그런데 프랑스 요리 용어를 안다면 '체에 걸러 주세요'라고 해석할 수 있다.

그 동료는 불어나 영어를 잘 모르고 난 러시아어를 모르기 때문에 잠시 고민하다 들고 있던 노트에 간단하게 그림을 그려서 보여 주었다. 그러자 얼굴이 환해진 그가 재빨리 요리책에 '체에 걸러 주세요'로 추측되는 말을 러시아어로 적었다. 이후 늘 무뚝뚝하던 표정의 그는 가끔 내게 이런저런 질문을 했고 우리는 조금씩 친해졌다. 졸업할 때까지 그와 나는 영어로도 불어로도 러시아어로도 제대로 된 대화를 나누지 못했지만 '요리'라는 공용어로 서로를 파악했다. 관심 있는 레스토랑이나 셰프, 최근에 맛본 프랑스 요리 이름을 마구잡이로 나열하며 웃고 떠들었던 시간이 아직도 생생하다.

그 외에도 첫인상이 나와 너무 맞지 않아 말을 걸지 않았다가 군대라도 다녀온 듯한 각 잡히고 깔끔한 요리 태도를 본 후 인상이 확 달라져 쉽게 친해진 동료도 있었다.

어떤 국적과 언어 너머의 교류에 빠져들었던 경험 때문일까, 저자가 아를의 번역가 회관에서 머무르며 만난 다양한 인연들과의 이야기가 어쩐지 낯설지가 않다. '프랑스 문학 번역'이라는 공통점으로 각국에서 모여든 사람들. 무뚝뚝하고 어려워 보이는 인상의 동료라도 '무엇을 번역했는가'라는 질문이 지나가고 나면 그 너머의 다른 세계가 보이는 것만 같다. 내게도 '무슨 요리를 할 줄 아는가'라는 질문이 한 사람의 겉모습 너머를 보여 주던 때가 있었다. 그 시절은 내게 한 사람을 여러 층으로 나눠 바라볼 수 있다는 걸 알려 주었다.

책을 읽는 내내 얇은 페이스트리가 층층이 쌓인 프랑스 디저트, '밀푀유'의 맛이 나는 것만 같았다. 저자의 시선에서 바라본 여러 층의 인연과 그 이야기를 천천히 음미해 본다.

누구를 번역했는가

요즘은 누구를 듣는가, 요즘은 누구를 읽는가, 요즘은 누구를 보는가, 요즘은 누구를 공부하는가. 프랑스에 오고나서는 이와 비슷한 질문을 자주 들었다. 이 문장들이 낯설게 느껴졌던 건, 질문의 목적어가 '무엇'이 아니라 '누구'였기 때문이다. 이곳 사람들의 사람 중심, 특히 예술과 문학에 있어서 발화하는 이에 초점을 맞추는 태도가 신기했다.

어떤 책을 좋아하더라도 그 책을 쓴 작가에 대해선 무관심했던 난 최근에야 '누구'에게 빠져드는 일이 얼마나 매력적인 일인지 맛보았다. 책 속 작가의 세계관에 반하면 그 작가의 모든 작품을 모조리 찾아 읽었고, 그 중 가장 마음을 내준 책은 이렇게 한 달이고 붙잡고 있다. 그렇게 '요즘은 이 작가를 사랑하는 중이다'라고 반짝이는 눈빛으로 대답할 수 있게 되었다. 그래도 아직 아쉽다. 이 수줍은 사랑에 더욱 박차를 가하고 싶다. 그의 강의를 들으러 가고 싶고, 가진 모든 책을 싸매고 사인회에 찾아가고 싶다. 심지어 작가의 이름을 프랑스 서점에 검색해 본 후 아직 불어 번역본이 나와 있지 않으면 아쉬

우면서도 어설픈 욕심이 생긴다. '내가 이 작가의 작품을 직접 번역해서 프랑스에 소개할 수 있다면.'

아를의 번역가 회관에서 마주치는 이들이 서로를 파악하는 질문은 강력하다. 누구를 번역했는가. 처음 읽자마자 '무엇'이 아니라 '누구'라는 것에 주목했다. '난 쉼보르스카를 번역했어', '난 마르셀 프루스트를', '난 로맹 가리', '난 10년째 벤야민을 번역 중이야'. 아, 이토록 멋진 자기소개법은 만난 적이 없다. 그러고 보면 작가, 그러니까 그 '누구'를 모르고서 '누구의 책'을 번역한다는 건 말이 되지 않는다. 저자가 초보 번역가인 아고타의 손을 꼭 쥐고 건넨 말이 아른거린다.

그 누구보다 너 자신을 믿어야 해. 너는 그 책에 대해 저자만큼 잘 아는, 그 책의 번역자야.

'누구'를 번역했는지 묻고 답하는 번역가라는 직업이 이전보다 더 매혹적으로 다가왔다. 저자의 말처럼 전업 번역가로 일하는 건 그렇게 수지타산이 잘 맞는 일도 아니고, 단지 불어를 할 줄 아는 것과 문학 번역가 공부를 다시 시작하는 건 전혀 다른 일이다. 그럼에도 한 작가를 사랑하다 못해 그의 말을 공부하고 연구하고 이해하려 애쓰면서 새로운 독자에게 가 닿을 수 있게 힘쓰는 일은, 어떤 사랑이 도착할 수 있는 종착점처럼 보였다.

그동안 한 달 살기를 해 온 책들만 해도 프랑스엔 단 한 권도 번역되어 있지 않다. 한국에 소개된 프랑스 책에 비해 프랑스에 소개된 한국 책은 비교 자체가 안 될 정도로 적다. 그러나 이건 단지 기회가 마련되지 않았을 뿐, 한국 책도 프랑스 독자들의 마음에 충분히 가 닿을 수 있다고 믿고 싶다. 한 책에 빠지고, 그 책을 쓴 작가를 사랑하게 되는 순간 나는 어쩔 수 없이 상상하고 만다. '누구를 번역했는가'라는 질문에 이 작가의 이름을 입술 위에 올리게 되는 순간을 말이다. 이번 한 달이 지나고 나면 정말 번역 공부를 시작하게 될지, 시작하자마자 작가를 사랑하는 일에 그치는 게 내 분수에 맞다고 낙담하게 될지 어떨지는 모르겠지만.

사라지지 않는 번역가들

중학생 때였을 것이다. '미래에 사라질 직업'이라는 리스트가 자주 보이기 시작했던 것이. 장래희망을 묻는 설

문지를 나눠 주던 담임 선생님이나 인터넷을 기반으로 한 미래가 다가온다는 기사를 작성한 기자마다 몇몇 직업을 언급했다. 그 리스트엔 번역가와 통역가가 항상 빠지지 않고 등장했다.

요즘도 나는 번역가의 미래를 걱정하곤 한다. 본격적인 AI 시대가 되면서 간단한 통역은 이미 휴대폰 애플리케이션이 큰 자리를 차지하기 시작했다. 당장 나만 해도 시도 때도 없이 구글 번역기를 열어 검색하는 게 일상이다. 그럼 정말 번역가의 수명은 십여 년도 채 남지 않은 걸까? 아니, 당장 내년에도 어떻게 될지 알 수 없는 걸까? 출판사에서 비용이 덜 드는 AI 번역을 쓰는 것은 피할 수 없는 일인 걸까?

AI가 사람의 역할을 어디까지 대신할 수 있을지는 잘 모르겠지만, 도무지 상상하기 어려운 모습은 하나 있다. 바로 AI가 자신과 잘 맞는 작품을 고심하여 고르고, 자신에게 너무 벅찬 작품일 때도 일단 계속해 보는 것 외엔 방법이 없다는 걸 인정하는 모습이다. 아를의 번역가들과 저자는 자신에게 맞는 작품이나 작가를 찾아다니고, 결국 자신과 맞는 작품으로 만들어질 때까지 고민하고 또 고민한다. 난 번역이 '작품'만을 바라보고 고민하는 일이라고 생각했는데, 아무래도 '작품'과 '번역가 자신'의 어울림을 고려하지 않는 번역은 좋은 번역이라 보기 어려운 모양이다. 그런 면에서 AI가 과연 'AI 자신과 작품과의 어울림을 고려할까?'라는 질문에 당도했을 때, 조금은 안심할 수 있었다. 지은이 옆, 옮긴이의 자리에 사람 이름이 들어가는 날이 아직은 더 남은 듯 보였다. 그들은 인정한다. '완벽한 번역'은 없노라고. 완벽한 번역이 불가능하다면, 어떤 모양으로든 흔적이 남는 번역만이 존재한다. 그렇다면 그 흔적은 사람의 것이어야 한다는 게 내 생각이다.

좋아하는 고전은 여러 가지 번역으로 읽어 보는 것을 선호한다. 같은 원본이지만 말투나 단어의 선택, 설명을 얼마나 자세하게 하느냐 등에 따라 다르게 다가오는 그 '흔적'들을 비교하는 재미가 있다. 번역본으로 읽을 때 원본에서는 느낄 수 없는, 옮긴이가 해석한 고유의 분위기가 있다. 어차피 원작자의 언어로 원본을 읽을 수 없다면, 믿음이 가는 옮긴이가 들려주는 '새로운' 분위기를 누리는 것을 행운이라고 여기는 편이다.

번역된 문학을 읽을 때, 작가 특유의 언어의 리듬으로 읽히는 작품이 있는가 하면 이따금 번역가 특유의 언어의 리듬으로 읽히는 작품을 만나기도 한다. 저자는 앙리 메쇼닉의 '리듬의 번역'을 언급하며, 번역에서 언어의 리듬까지 생각한다고 했다. 작품과 번역가 자신과의 조합, 분위기, 리듬까지 고려해서 독자에게 '자신이 경도된 저자'를 들려주는 번역가가 존재하는 이상, 그들의 자리는 쉽게 사라지지 않으리라 기대해본다. '프랑스 문학'이라는 주제만으로 아를에 모여 자신이 심취한 작가에 대해 열정적으로 말하는 전 세계의 번역가들이 있는 이상, '옮긴이'라는 단어는 늘 존재할 것이다. 담담히 이 사실을 보여 주는 그들의 이야기를 한 달 내내 읽으며 나는 어쩐지 안심이 되었다. 앞으로도 '사라지지 않는' 번역가들의 이야기를 계속 들을 수 있을 것만 같아서.

문학으로 남을 책 한 권

하루 중 이 책을 펼쳐 든 얼마간은 시간이 천천히 흐르는 것만 같았다. 저자는 지난 십여 년간 만난 인연을 책 한 권에 담아냈다. 오랜 세월에 걸쳐 쌓인 이야기 속에서만 느껴지는 분위기 때문일까, 행간 사이의 공백마저 촘촘하게 읽히는 책과 더디게 흐르던 시간. 새삼, 사람의 언어가 문학으로 담긴다는 게 무엇인지, 그 언어가 다른 사람의 언어로 옮겨진다는 게 무엇인지, 그 옮겨진 언어가 다른 사람의 삶에 스며든다는 게 무엇인지, 골몰했던 시간.

그 시간 속에서 한 달을 보내는 동안 난 그 어느 때보다 언어의 의미를 자주 생각했다. 프랑스어를 한국어보다 자주 품고 지낸 지 어언 십 년, 프랑스어로 어지간한 책은 읽을 수 있게 된 요즘도 문학만큼은 늘 한국어로 읽기를 고집해 왔다. 내게 문학은 '즐거움'이어야 한다는 원칙을 따르자니 프랑스어로 읽는 문학은 일종의

'공부'에 가까웠기 때문이다.

그런데 언어 너머의 무언가를 토론하고 공부하고 고민하는 이들의 이야기를 한 달 내내 듣고 있으니, 언어와 문학 그 자체에 흥미가 생기기 시작했다. "원전의 손상은 필연적이며 완벽한 번역은 어디에도 없다"는데, 그렇다면 손상되기 이전의 원전을 읽을 수 있다는 것은 어떤 의미에서 특권이 아닐까 하는 데까지 생각이 미친 것이다.

오랜만에 프랑스 문학을 원어로 읽기 시작했다. 여전히 한국어로 읽을 때보다 속도도 느리고 완벽하게 이해하지는 못하지만, 작가의 언어로 작가의 생각을 더듬을 수 있다는 데 감탄하며 한 장 한 장 넘겨 나간다. 작가가 의도한 여백의 자리를 있는 그대로 받아들이고, 한국어로는 바로 떠오르지 않는 표현들을 알아들을 수 있음에 감사하면서.

작가의 언어를 내 나름대로 해석해서 읽고 난 후, 이번에는 말의 봇짐을 진 이들의 언어로 다시 읽어 보기도 했다. 내가 오역했던 부분을 바로잡는 역할도 해 주지만, 무엇보다 이 말들을 이렇게 옮기기 위해 고민하고 또 고민했던 번역가의 흔적을 찾는 즐거움도 크다. 이젠 번역된 책들을 읽으면 아를의 번역회관에서 와인잔을 손에 들고 자신이 번역하고 있는 '누구'를 상기된 목소리로 이야기하는 번역가들이 눈에 보이는 것만 같다.

원전을 읽는 기쁨과 말의 봇짐을 운반하는 이들이 옮긴 번역본을 읽는 편안함 모두 내 삶에 있음에 안도했던 한 달이었다. 어떤 방식으로든 언어와 문학이 계속 이어지기를, 어떤 시대에서든 언어와 문학을 탐닉하는 이들이 계속 나타나주기를, 어떤 하루에서든 언어와 문학에 경도된 내가 존재하기를.

최선을 다하고 싶은
책에서의 한 달

『안녕, 동백숲 작은 집』
하얼과 페달 | 열매하나 | 2018

우리의 시작을 발견하다

몇 년 전, 참 사랑스러운 사람들을 만났다. 우연히 본 텔레비전 프로그램에 등장한 그들을 넋 놓고 바라봤다. 자신을 '하얼과 페달'이라고 소개한 부부는 서울의 직장과 집에 안녕을 고하고 장흥의 동백숲으로 내려와 전기도 가스도 수도도 없는 작은 집에 아이와 함께 산다고 했다. 동화의 마지막 한 줄 같은 이 이야기에 홀린 듯 순식간에 빠져들었다. 어쩜 이렇게 아름다운 사람들이 있을까. 그 후로도 몇 년간 가끔 작은 위로가 필요할 때면 인터넷으로 그 프로그램을 흐뭇하게 돌려 보곤 했다.

어느샌가 사는 게 바빠 잊고 살다 얼마 전 그들이 책을 냈다는 소식을 접했다. 책이라니! 짧은 영상에서 다 보지 못한 그들의 숨겨진 이야기가 얼마나 많이 담겨 있을까. 유명인의 팬이 되거나 덕질을 하지 않은 지 오래인데, 좋아하는 가수의 새 앨범을 밤새 듣던 시절이 생각날 만큼 책에 푹 빠졌다.

방영 당시는 그들이 동백숲에 정착한 지 몇 년이 지나지 않았고, 갓 태어난 첫째와 함께했던 시절이었다. 그 후 둘째가 태어나고 이런저런 만남과 여행이 이어지면서 부부의 생각과 행동이 천천히 바뀌어 가는 모습이 아름다웠다. '이러저러해서 행복하게 잘 살았답니다' 같은 화면 속 단편적인 모습이 아니라 상황과 환경에 맞게 부딪치고 고민하고 바뀌어 가는 삶의 이야기가 담긴 책이어서 좋았다. 그 모습에서 자연스레 나와 남편이 보였고, '이렇게 살아가고 싶다'는 생각에 미소지었다. 어쩌면 우리가 배우고 싶은 삶과 이미 겪어 본 삶, 겪게 될지도 모를 삶이 고스란히 들어 있었던 것이다. 상상했던 것보다 더 아름다운 사람들을 발견했다는 기쁨에 얼른 이 책에서 살아 보고 싶었다.

프랑스에 있는 나는 당장 이 부부의 사인회나 북 콘서트에 가 볼 수 없으니 책으로만이라도 그들과 친해지고 싶었다. 사실 이 책은 읽자마자 한 달 살기를 해야겠다고 정해 두었음에도 바로 시작하지는 않았다. 우리의 상황이 그들과 조금이라도 더 가까워졌을 때, 중요한 결정을 해야 하거나 누군가의 조언이 절실하게 필요할 때, 그때 시작하고 싶었다. 이번 달엔 우리 삶의 중요한 거점이 될 땅을 계약할 예정이다. 우리만의 작은 숲이 생기는 이 시점이 그들의 이야기를 다시 만날 좋은 시기라고 생각했다. 이곳은 동백숲은 아니지만, 참나무가 울창한 곳이다. 이 책과 함께 우리의 '참나무숲 작은 집'을 시작하고 싶었다.

동백꽃으로 물들인 듯한 연한 분홍색과 청량한 초록색이 어우러진 표지가 사랑스럽다. 중간중간 보이는 사진들을 보며 질투도 난다. 이번 달 내내 그들의 삶을 엿보면서 우리의 시작을 준비할 수 있어서 다행이다. 반가운 동지 같은 책, 잘 부탁합니다.

어울려 살아가려는 노력에 대하여

그들의 시도가 아름다운 이유

이 책은 이런 질문으로 시작한다.

> 우리는 6년 전 이곳 동백숲으로 들어와 전기도 수도도
> 가스도 없는 삶을 살기로 했다. …그때 무엇이 우리를
> 그토록 기쁘게 했을까? 또 우리는 왜 굳이 서울을 떠나
> 이렇게 멀리 온 걸까?

보통 사람들은 이 질문에 고개를 갸웃거릴지도 모
르겠다. 첫 줄만 읽어도 말도 안 되게 불편할 것 같은데
뭐가 기쁘다는 거지? 그러게, 왜 굳이 그렇게 깊숙이, 멀
리까지 갔지? 하지만 난 부부의 마음이 이해가 갔다. '굳
이 그렇게까지' 밀어붙인 상황 속으로 처음 발을 디뎠을
때의 기쁨. 우리도 그런 '첫 기쁨'을 알기 때문이다.

'전기도 수도도 가스도 없는 삶'은 여러 가지 의미를 담고 있다. 단순히 원시적인 생활을 한다는 것에 그치지 않는다. 이는 단단한 의지와 철학 없이는 이어 가기 힘든 일이다. 전기가 없다는 말은 세탁기를 사용할 수 없다는 말이며, 즉 손빨래로만 관리가 가능한 옷을 입어야 한다는 말이기도 하다. 그리고 수도가 없다는 말은 물을 직접 길어 날라야 한다는 말인데, 이는 즉 하루도 빼놓지 않고 해야 하는 노동이 추가된다는 말이기도 하다. 또한, 가스가 없다는 말은 불을 피워 요리해야 한다는 말이며, 땔감을 상시 구해 두어야 하고 습한 날엔 시간이 배로 걸린다는 말이기도 하다.

방법이 아예 없으면 포기하고 적응하게 된다고 해도 요금만 내면 얼마든지 누릴 수 있는 편의를 거부하며 이 같은 '수행'을 이어 가는 건 쉽지 않을 것이다. 우리도 밴에 사는 탓에 일반적인 편의는 누리고 있지 않지만, 밴 지붕에 설치한 태양열 발전기로 전기를 쓰고, 생각보다 쉽게 발견할 수 있는 공용 수도에서 들통에 물을 받아 쓰고, 요리할 때는 휴대용 가스 버너를 설치해 쓴다. 이젠 적응했지만 '편리함'과는 조금 먼 생활이다. 그런데도 우린 언젠가 이보다 더 '독립적인' 생활을 해 보고 싶다. 한정된 면적의 집을 데리고 계속 이동하면서는 할 수 없는, 최대한 우리의 노동력으로 자연의 부산물을 얻어 쓰며 살아 보고 싶은 것이다.

밴 생활은 하면 할수록 처음 예상과는 다른 점이 많았다. 생각지 못했던 어려움도 있었고, 의외로 별다른 불편함 없이 지내는 부분도 있다. 미리 잘 알고 대비했더라면 좋았을걸 하는 후회도 있다. 이 책은 부부가 6년간 동백숲에서 지내기로 맘먹고부터 지금까지를 기록한 책이다. 기쁨 넘치는 '시작'뿐 아니라 고민 가득한 '과정'과 반성과 기대가 담긴 '변화'가 모두 담겼다. 이 책이 '전기도 수도도 가스도 없이 잘 살 겁니다!' 하고 그치는 책이 아니어서 좋다. 단지 환경을 지키고 싶다는 신념 아래 숲 속에 고립되어 살아가는 이들의 이야기가 아니어서 좋다. 책의 마지막에도 "한편으로 우리는 늘 변화하는 삶을 살 것이다. 고정된 모습을 고집하지 않으려고 한다. 삶은 지금 이 순간도 늘 흐르고 있으니까"라고 다짐하는 문장이 박혀 있다. 이 한 달의 마지막에도 이 문장이 변함없이 내 머릿속을 울렸으면 좋겠다.

삶은 사진이 아니라 영화에 가깝다

이 책을 쉼 없이 읽다 보면 숨이 찬다. 아주 많은 일이 일어나서이기도 하고, 아주 많은 일이 그려지기 때문이기도 하다. 아직 '○○ 없는 삶'의 진정한 모습을 잘 모르던 때, 아름다운 부분을 골라 보여 주었던 다큐멘터리 속 부부의 모습을 보았던 때, 그때는 '해 볼 만하겠다'라거나 '부부 사이가 돈독해지겠다' 같은 낭만적인 감상이 주였다. 그러나 이제는 어렴풋이 알 것 같다. 매일 얼마나 많은 일이 이들 부부를 기다리고 있었는지 말이다.

이 책의 부제는 이렇다. "생태적인 삶을 향한 아름다운 도전과 단단한 일상의 기록." '도전'이라는 단어가 적절하다고 느껴질 만큼, 전기와 석유 없이 직접 집을 짓고 생활을 이어 가고 아이를 낳아 기르는 일은 상상하기에도 벅차다.

전기톱 같은 도구나 화학 재료 없이 집을 짓는다는 말은 사람으로 집을 짓는다는 말이나 마찬가지다. 그리고 사람은 밥을 먹고 잠을 자고 씻고 화장실에 가야 집도 지을 수 있다. 사람 여럿이 와서 집을 짓는 동안엔 이들이 머무는 거처를 관리하고 밥을 짓는 사람도 필요하다. 이 순환 속 '사람'의 일과 그 중요성을 이전엔 잘 몰랐다. 그저 재료가 있으면 척척 쌓아 올리면 되고, 매일 먹고 자고 씻어야 하는 존재일지라도 며칠이고 함께 '알아서' 잘 지낼 수 있다고 생각했다.

우여곡절 끝에 집을 다 지었더라도 일상을 이어 가는 건 또 다른 문제다. 일단 '빨래'에서 동공이 흔들렸다. 나도 평소 손빨래를 하는데, 옷이 쉽게 더러워지는 일을 하는 것도 아니고 두 사람뿐인데도 빨래통이 가득 차면 한숨부터 나온다. 그런데 숲에서 농사도 짓고 매일 화덕 불을 피우느라 옷엔 흙과 재가 금세 묻고 아이의 천 기저귀까지 책임져야 하는 상황에 손빨래라니. 나도 모르게 그들 손목의 안녕을 빌게 된다.

만약 그들이 처음 예상과는 달리 가족이 생기고 사람들과 어울리는 방법을 찾기 시작하면서도 '원칙'을 계속 고수했다면 난 조금 실망했을 것 같다. 신념도 좋지만 무리한 고집을 부려 자신과 타인을 힘들게 하는 것보다는 달라진 상황에 맞춰 유연하게 살기 위해 고민하는 게 모두에게 더 나은 방향이 아닐까. 삶은 사진이 아니라 영화에 가깝다. 사건이 생기고 인물이 바뀌는데 배경이 늘 같을 수는 없지 않을까.

다시 처음으로 돌아가 우리가 이 숲에 온 이유는 무엇이었을까 생각해 본다. 전기 없이 사는 게 과연 우리의 최종 목표였을까. 우리의 목표는 '사람답게 살 수 있을 때 느끼는 행복을 되찾는 것'이지 않았을까.

시간이 흐르면서 어느 정도의 전기와 수도를 받아들이고, 마지막엔 동백숲을 떠나 새로운 삶을 찾아가는 부부의 모습이 슬프지 않은 이유, 결말을 실패라고 부를 수 없는 이유는 여기에 있다. '최종 목표'나 '원칙'은 그저 작은 힌트나 이정표가 되어 줄 뿐 그 자체로 삶이 되어 줄 순 없는 법이니까.

마치 여럿의 삶이 함께 쓰인 것처럼

환경을 지키고 싶다는 좋은 마음으로 시작한 일이어도 다른 사람을 불편하게 만들면 본래 목적을 달성했다고 보기 힘들다는 걸 최근에야 알았다. 우리도 그들처럼 환경을 지키고자 화학 제품 없이 샤워도 하고 설거지도 하고 빨래도 하며 산다. 그게 나름대로 자랑스러웠고 그런 생활방식을 다른 이들과 나누고 싶기도 했다. 그런데 어느 순간 우리의 삶 자체가 누군가에게 부담이 될 수도 있다는 걸 알았다.

사람들은 각자의 상황과 여건에 맞는 방식으로 삶을 꾸려 나간다. 우린 꽤 시간이 많고 체력도 좋은 편이다. 그러니 세탁기를 돌리는 대신 물을 떠 와서 손빨래하고, 식기세척기를 사는 대신 밀가루를 풀어 그릇을 일일이 씻고, 늘 좋은 향을 풍겨야 하는 직장에 다니는 대신 자연스러운 체취를 지녀도 괜찮은 환경에서 지낸다. 우리와 비슷한 고민을 거쳐 삶을 꾸려 나가는 부부의 모습에 괜히 코끝이 시큰거린다. 그들이 생태친화적인 옷을 입고 마을을 나섰을 때 사람들의 놀라움과 부담 섞인 시선을 받았다는 장면이 눈앞에 그려졌다. 분명 좋은 취지로 시작한 일들인데, 사람들은 '물질문명의 혜택을 누리고 싶은 마음을 포장하는 삶'이라는 날카로운 비판을 쏟아내기도 했고 부부는 사람들 간에 대립을 만들고 있는 건 아닌가 걱정을 하기도 했다.

환경을 위하는 마음도 과하면 욕심이라고 부를 수 있을까. 참 어렵다. 세상엔 좋은 생각이 많은데, 그걸 어떤 방식으로 표현하고 지키는 게 옳을까. 우리끼리만 환경 보전을 하며 살아가는 건 큰 의미가 없기에, 사람들에게 전달하는 방식에 대해 자주 고민하게 된다.

책 속에서 그들도 '소통'에 점점 더 무게를 두기 시작한다. 책의 꽤 많은 부분에 사람들과의 만남과 배움이 비친다. 두 사람이 시작한 숲 생활이 어느새 숲에서 살아 보기 캠프로, 숲 놀이터로 변했다. 숲속 작은 집에 어느새 아이도 둘 태어나고, 함께 집을 짓기 위해 모여드는 사람들, 숲 생활을 체험하기 위해 드나드는 사람들이 끊이질 않는다. 화덕에 불을 지펴 요리하고 샘물을 받아 씻고 초를 켜 밤을 밝히는 집에서 여러 손님을 받는 일이 결코 쉽지는 않았을 것이다. 그럼에도 부부는 소통을 멈추지 않는다. 계속해서 대화하고 대답하고 질문하며 배우려고 노력하는 모습이 고스란히 전해진다.

책을 읽기 전에는 그들이 이렇게 살게 된 이유와 과정, 느낀 점 정도만 쓰여 있을 것이라고 예상했다. 그러나 '사람'과 '소통'에 대한 고민이 주를 이룬다. 마치 여럿의 삶이 함께 쓰인 것처럼 다양한 말과 생각이 어울려 있다. 책을 덮고 나면 부부가 켜켜이 쌓아 올린 소통의 공간 안에 살고 있는 것처럼 느껴진다. 한 달이 지날 때쯤엔 책 한 권이 집 한 채처럼 보이기 시작하는 것이다. 이렇게 아름답고 단단한 집은 이제껏 본 적이 없다.

나무 한 그루로 남을 책 한 권

이번 달을 이 책에서 살기로 결정했을 때, 그런 예감이 들었다. 이 책에 편히 기대어 살게 될 것 같다는. 책을 한 달 내내 여러 번 읽는 일을 몇 달째 계속해 보니 내가 이 책들에 점점 더 기대 산다는 것을 알았다. 시시콜콜 모든 걸 나누지 않아도, 서로 마음이 통해 있는 친구의 역할을 책들이 해 주었다. 이번 달엔 유난히 따뜻한 이불 속에서 책을 펼치는 날이 많았다. 괴로운 생각에 묻히려 할 때면 "나 책 좀 읽고 올게" 하고는 이 책과 함께 이불 속으로 들어갔다. 힘든 날이 많았지만, 책 덕분에 하루에 최소 1시간 정도는 나 아닌 타인의 삶 속으로 들어가 위로를 많이 받았다.

그들이 숲으로 들어온 진정한 목적에 대해서 고민하는 동안, 나도 내가 책에서 한 달을 사는 목적에 대해서 고민해 보았다. 나는 이 책의 숲에서 뭘 얻으려고 했던 걸까. 꾸준히 책을 읽었다는 자부심? 한 책을 꿰뚫고 있다는 자신감? 속독 능력? 몇 달째 책에서 살고 있는데 내겐 그 어떤 자부심도 자신감도 능력도 남지 않았다. 그럼 왜 굳이 계속 읽는 걸까. 정말 이 독서를 이어 나가야 할 이유나 목적이 있기는 한 걸까.

곰곰이 생각해 보아도 별다른 이유나 목적은 도무지 찾을 수 없다. 아무도 시킨 적 없고, 누가 검사를 하는 것도 아니고, 다 읽었다고 상을 받거나 돈을 버는 것도 아니고, 지식이 크게 쌓이는 것도 아니고, 그렇다고 이 부부처럼 환경에 도움을 줄 수 있는 것도 아니다. 그냥 이렇게 생각해 보았다. 내가 만약 책이라면. 한두 번 펼쳐지고 잊히는 것이 아니라 한 달 내내 밑줄 그어지고 더럽혀지고 눈물과 웃음을 받아 내는 책이라면. 꽤 기쁘지 않을까. 책은 사물일 뿐이지만 좋아하는 존재를 존중하고 아껴주고 싶은 마음은 어떤 생명을 대할 때와 다를 바가 없다. 매일 손에 쥐고 펼치고 닫으면서 '이 세상에 나와 줘서 고맙다'라고 속삭이면 책도 어쩐지 더 빛나는 것 같다. 작년 내내 한 권의 책을 쓰기 위해 고생한 이후로 거저 만들어지는 책은 없다는 걸 배웠다. 게다가 이 책처럼 하나의 삶이 온전히 다 담긴 책이라면 더더욱 존중받아야 마땅하다고 믿는다.

존중받아 마땅한 책. 존중받아 마땅한 삶. 이렇게 부르고 싶은 책과 사람을 만났다. 그들이 친환경적으로 살아가려는 모습 자체도 좋지만, 그보다 환경과 사람이 함께 어울려 지낼 수 있는 방법을 찾아 반성하고 질문하고 배우는 그 태도를 존중하고 싶은 것이다. 실제로 지난 한 달간 주변을 더 주의 깊게 바라보려고 노력한 날이 많았다. 무엇 하나 허투루 생긴 것이 없다는 걸 떠올렸고, 나만의 기준에 갇혀 세상을 보는 시선을 경계하려 했다. 앞으로도 이렇게 살아갈 수 있다면 제대로 존중하고 존중받을 수 있지 않을까.

이 세상에 존재해 줘서 고맙다고 여러 번 말하고 싶은 사랑스러운 책. 지난 6년간 그들이 성장하고 아파하고 배우고 사랑한 삶이 고스란히 담긴 책과 나도 함께 커 가고 싶다. 성장통에 아파할 때면 다시 이 책을 찾을 것이다. 기대고 싶고 그늘이 필요할 때면 나무가 되어 다시 나를 반겨주리라 믿는다.

솔직해지고 싶은
책에서의 한 달

『심신 단련』
이슬아 | 헤엄 | 2019

시작은 질투

이슬아 작가의 책을 한 달 살기의 책으로 정할지를 두고 오래 고민했다. 한 권의 책에서 한 달을 산다는 건 이 책에 온 정신을 맡기는 일이나 다름없는데, 여러모로 내게 위험한 책이어서 망설여졌다. 매일 쉬지 않고 연재했음에도 불구하고 모두 좋은 글이기에 질투 때문에 상처를 입을 수도, 이래도 되나 싶을 만큼 솔직한 작가님의 모습에 불에 덴 듯한 공감을 느껴 불편할지도 모른다는 이유로 뒷걸음질 쳤다.

지금까지 골라 온 책들은 다소 안전한 책이었다. 나를 비건으로 만든 책도, 노동의 의미를 다시 생각하게 한 책도, 글을 쓰고 싶게 한 책도 어느 정도 작가 뒤에 숨을 수 있었던 책들이었다. 부끄럽거나 고마울 순 있어도 불편하진 않았다. 그런데 이슬아 작가의 글들은 읽자마자 불편하다고 느껴져서 당황했다. 작가가 솔직한 것뿐인데 왜 이 글들이 내게 이렇게 다가오는 걸까.

저자는 나와 나이가 비슷하다. 글을 쓰며 살아간다는 것도 비슷하다. 이런저런 실수도 해 보고 배워 간다는 것도 비슷하다. 그런데 그녀는 그걸 글 속에 드러내는 일을 잘 해낸다. 요리조리 글 뒤에 숨어 솔직한 척만 하는 나와는 달리, '수필과 소설 그 사이'의 글이라고 밝혔음에도 불구하고 완전한 수필 혹은 완전한 소설처럼 읽히는 솔직한 글을 썼다. 쓴 사람의 진심이 고스란히 비치는 글이라, 허투루 읽어 내려갈 수 없었다.

책을 고를 때 작가가 나와 비슷한 나이이거나 비슷한 경력을 가졌으면 나도 모르게 작가와 나를 비교하게 된다. 이 책도 당연히 비교를 피할 수 없었다. 한 달 내내 질투와 불편함에 살게 될까 봐 피하고 싶었는데, 책이 정말 좋아 계속 읽을 수밖에 없었다. 훌륭하고 인성도 좋은 친구를 시기하더라도 한 번쯤은 친하게 지내고픈 욕심 같은 거랄까. 책 하나 고르는 게 뭐라고 이렇게 어릴 적 친구까지 소환해 가며 고민하는 내가 우습다.

내게 위험한 책임에도 괜찮다고 생각한 이유 중 하나는 제목 때문이다. 심신 단련. 가끔은 내가 하는 많은 일에 이 단어를 붙여 주고 싶다. 다른 사람들의 글을 읽고 내 글을 쓰는 것도 심신 단련 중의 하나고, 책에 한 달 내내 온전히 기대는 시간을 갖는 것도 그 중 하나, 책이 나를 이끄는 대로 식습관을 바꾸고 행동에 신경 쓰고 타인의 기분을 살피는 일도 심신 단련 중의 하나라고 생각하면 하루가 조금 덜 불안해진다. 무엇 하나 계획했던 대로 되지 않는 날에도, 이 모든 노력이 헛수고인 건 아닐까 우울해지려는 날에도, 이건 그저 심신을 단련하는 과정일 뿐이라고 숨 한 번 크게 쉬면 나아지는 것이다. 그래서 괜찮을 것 같았다. 이 책에 기대어 보아도. 질투가나서 가까이하기 힘든 친구가 '나는 지금 심신 단련 중이야'라며 단단한 표정을 짓는 사람이라면 빠져들어도 괜찮을 것 같았다. 이 한 달이 지나면 '질투'라는 단어는 이미 충분히 희미해져 있을 것이다.

내가 선택한 방식대로 꾸리는 삶

밥벌이란 무엇인가

돌아보니 어느샌가 프리랜서가 되어 있었다. 그것도 전혀 생각해 보지 못했던 프리랜서 작가가. 그리고 나는 꽤 가난한 작가에 속한다. 일거리가 별로 없다는 뜻이다.

일거리가 많고 적고를 떠나 글을 써서 받는 돈으로 내 생활비를 감당하기엔 아직 갈 길이 멀다. 언젠가 '글로 밥벌이를 합니다'라고 말해 보는 것이 작은 꿈인데, 나만 그런 꿈을 꾸는 건 아닌 것 같다. 대부분의 작가가 강연이나 부업으로 생활비를 충당하고, 글쓰기를 전업으로 삼는 작가는 매우 드물다고 들었다. 작가뿐 아니라 프리랜서라면 불규칙하게 들어오는 일거리 때문에 비슷한 고민을 하겠지만, '글'에는 어떤 고상함이라는 막이 둘러져 있어서 문제가 더 복잡해진다.

글의 가치는 각각 다르지만 작가들은 대부분 비슷

한 고료나 인세를 받는다. 그게 과연 그 글의 가치를 제대로 반영한 값인지, 아니 애초에 글의 가치를 가늠해 값을 매기는 게 가능한 일인지조차 알 수 없다. 가끔은 '이 작가는 고료를 아주 많이 받아야 할 텐데' 하고 바라게 되는 글을 만나기도 한다. 어쨌든, 이렇게 어떤 기준으로 일단 한 번 값이 매겨졌다면 제때 지불되어야 할 것인데, 안타깝게도 약속된 기한 내에 혹은 아예 받지 못하는 경우가 많다.

원고료의 지불 문제는 항상 작가들의 고민인 듯했지만, 실제로 작가가 원고를 청탁한 회사에 불만을 표출하는 경우는 별로 없었다. 이 고상한 세계에서는 '돈 이야기'를 작가가 나서서 해서는 안 될 이야기로 분류해 온 듯하다. 무려 김영하 작가도 한 회사에서 고료 지급을 계속해서 미루자, 대표에게 직접 팩스를 보내 결국 고료를 받았다고 하니, 신인이거나 유명하지 않은 작가라면 얼마나 더 어려울까. 저자도 고료가 명시되지 않은 청탁문의 메일이 오면 정확한 고료와 지급일을 함께 알려 달라는 답장을 보낸다고 한다.

어떤 글에 정확한 값을 매기기 어렵다는 것에도, 출판계의 사정이 늘 여유롭지 못하다는 것에도 동의하지만, 나는 작가들의 이런 '돈 이야기'에 어쩔 수 없이 환호하게 된다. 원고를 청탁할 때 고료를 알려 주는 것과, 약속을 했다면 어떻게든 제때 지급을 하는 건, 고료가 많고 적고를 떠나 '일'의 관점에서 지켜야 할 예의라고 보기 때문이다. 물론 이를 바란다면 나도 예의에 걸맞은 좋은 원고를 써야 하겠지만.

글쓰기란 무엇인가. 밥벌이란 무엇인가. 『심신 단련』을 읽으면서 내 고민도 깊어진다. 글로 밥벌이를 한다는 것이 애초에 말이 되지 않는 일 같기도 하고 또 안될 건 무엇인가 싶기도 하다.

씩씩하게 감당할 수 있는 만큼만

한 독자가 목욕탕에서 저자를 알아보았다는 이야기를 읽으며 등골이 서늘해졌다. 참, 얼굴이 알려진다는 것은 이런 것이지. 우리가 밴에 살기 시작하고, 그런 이야기들을 몇몇 매체에 연재했더니 어느 날부터 방송국에서 연락이 오기 시작했다. 우리를 취재하고 싶다는 것이다. 처음엔 반가웠다. 얼마나 재미있는 기회인가. 우리가 해외에 있는 탓에 아마도 현지 촬영이 어려울 것 같아 거절

해 왔는데, 얼마 후 방송국에서 유럽으로 촬영을 온다는 소식에 잠깐 망설였다. 그러나 고민하다가 결국 거절했다. 얼굴이 더 드러나는 것이 무서웠기 때문이다.

저자는 이제 얼굴도 알려졌고, 글을 통해 일상도 알려졌다. 자신의 많은 부분을 드러낸 채 살아간다는 것은 어떨까. 그 와중에 출판사 일과 작가 일을 병행한다는 것은 또 어떨까. 나는 상상도 가지 않는다. 심신 단련을 하지 않고서는 버텨내기 힘든 일이 아닐까. 표지 사진 속 철봉을 꽉 쥔 그녀의 손에 더욱 힘이 들어간 것처럼 보이기도 한다.

『심신 단련』을 여러 번 읽으면서 이상하게 자주 '다짐'하는 나를 발견한다. 조금이나마 운동을 하기 시작한 것, 자기 몸을 제때 제대로 챙기는 것, 감사 의식을 올리는 마음으로 집 청소를 자주 하는 것. 그리고 혼자 감당할 수 있을 만큼의 일을 벌이는 것. 언뜻 쉬워 보이지만 절대 쉽지 않은 이 일들을 잘 해내자고 다짐한다. 일을 벌이면 벌이는 것이지 '혼자 감당할 수 있을 만큼만'이라는 범위를 두고 벌이는 건 정말 어렵다. 저자는 「일간 이슬아」 연재가 홀로 할 수 있는 일이어서 좋다고 했는데, 정말 홀로 감당할 수 있을 만큼인지에 대해선 확신이 서지 않는 듯 보였다. 글을 쓰는 것만으로도 벅찬데 매일 무분별하게 날아오는 메일들을 받아 내는 일 때문이다.

내 책을 쓰면서 좋았던 것 중 하나는 믿음직한 편집자 단 한 분과 글에 대해서 이야기한다는 것이었다. 책이 나오면 많은 사람이 읽고 평을 남기겠지만, 책이 세상에 나오기 전 원고 작업을 할 땐 나를 제외하고 단 한 사람만 원고를 읽고 반응을 한다는 경험이 특별하게 느껴졌다. 게다가 나는 수많은 반응을 받아 내며 태연하게 다음 일을 할 수 있을 만한 그릇이 못 되니까. 그래서 책이 나온 후에도 한동안은 사람들의 리뷰를 찾아보지 못했다. '홀로 감당할 수 있을 만큼'의 일을 넘어섰기 때문이다.

내 책보다 훨씬 더 많은 사람에게 자신의 이야기가 읽히고 훨씬 더 많은 사람에게 메일을 받아 왔고 앞으로도 받을 저자를 생각하며 조용히 책장을 넘겼다. 홀로 감당할 수 있을 만큼의 일인지 여전히 의문을 가진 채 매일 심신 단련을 하는 그녀를 생각하면 씩씩해졌다. 그도 나도 계속해서 씩씩하게 책장을 넘기고 글을 쓰고 홀로 감당할 수 있을 만큼의 일을 다짐하며 살았으면 좋겠다. 내 눈엔 이미 아주 단단해 보이는 사람도 더 단단하게 살기 위해 심신 단련을 한다. 그런 사람의 이야기와 한 달을 살았더니 나도 자연스레 등을 바로 펴고 '홀로 감당할 수 있을 만큼의' 일을 가늠하며 조금 더 단단해진 것 같은 착각이 든다.

건강한 꿈을 꾸며 살고 싶다

저자는 당장 필요한 돈을 구하기 위해 일간 연재를 시작했고 덕분에 좋은 일도 많았지만, 건강이 나빠졌다고 한다. 일간 연재 비스무리한 것을 해 본 나도 그 말이 무슨 말인지 알 것 같다. 다행히 아무도 내게 돈을 주는 일이 아니어서 마감이 늦는다고 욕을 먹진 않았지만 그래도 엄청나게 스트레스를 받았던 기억이 있다. 나중엔 그 스트레스가 너무 버거워서 그만두었지만 몇 달 더 했더라면 나도 병을 얻었을지 모르겠다.

그래서일까, 작가님의 일과엔 운동이 중요한 위치를 차지하는 듯 보였다. 문득 나도 헬스장에 다니고 싶어졌다. 요가를 배워 보고 싶다는 생각은 늘 했었는데, 힘과 체력을 더 길러서 건강한 꿈과 정신을 품고 싶다는 욕구가 생겼다. 나는 딱히 근육을 기르는 운동을 해 본 적이 없다. 그래서 전체적인 건강은 괜찮지만 힘과 체력은 늘 부족한 편이다. 책을 읽으면서, 나는 지금껏 한 번도 힘이 세지고 싶다고 생각해 본 적이 없다는 걸 깨달았다.

나는 왜 지금껏 스스로 내 힘을 기를 수 있다는 생각을 하지 않은 걸까. 호신술이 언젠가 일어날지도 모를 나쁜 일에 대비하는 소극적 방어라면, 기본적인 근육을 기르는 운동은 그런 일이 일어나건 일어나지 않건 두려움 없이 살아갈 수 있는 적극적인 대비일지도 모른다. 남녀를 떠나서 자신의 몸을 지킬 힘을 기르고 그를 기반으로 단단한 정신력을 갖추는 게 건강한 삶을 위한 기본적인 자세라는 걸, 이제야 알다니.

그렇게 나도 운동을 시작했다. 미세하게 느껴지는 힘의 변화가 반갑다. 글을 잘 쓰는 법도, 홀로 감당할 수 있을 만큼만 일을 벌이는 법도 아직은 잘 모르겠지만, 이렇게 조금씩 운동을 하다 보면 프리랜서 생활이, 밥벌이가 앞으로도 잘 이어질 수 있으리란 작은 믿음이 생겼다. 오늘도 책을 덮은 후 힘껏 달리고 정돈된 마음으로 노트북 앞에 앉는다. 책장 한 편에 꽂힌 '심신 단련'이라는 단어가 편안하다.

동료로 남을 책 한 권

동시대를 살아온 여성 작가의 글을 읽는다는 것이 얼마
나 신나는 일인지를 여태 모르고 살았다는 게 슬플 만
큼 즐거웠다. 나와 완벽히 같지 않더라도 비슷한 나이대
의 한국 여성이 쓴 글을 읽는 건 늘 좋다. 한 해 한 해 시
간이 지날수록 준비도 안 됐는데 나이만 먹는 것 같아
서 불안하기도 하고 서글프기도 했는데, 시간과 함께 무
르익을 동년배 작가들의 글을 읽을 수 있다 생각하면 또
금세 위로가 된다. 그런 사람을 직접 만나는 일이 어려워
서 그들의 글에 더욱 매달린다. 그런 글들이 더욱 많이
나왔으면 좋겠고, 그들이 행복했으면 좋겠다.

언젠가 보았던 TV 프로그램 「대화의 희열 2」의 김
영하 작가 편에서 이런 이야기가 오간 적이 있다. 앞으로
AI가 쓴 소설이 사람이 쓴 소설을 대체하거나 능가할 수
있을 것이냐에 대한 이야기를 하면서 그는 이렇게 말한
다. 소설을 읽는 즐거움 중 하나는, 성장하고 좌절하기도

하는 인간인 작가와 함께 동시대를 겪는 것이라고. 이슬아 작가의 『심신 단련』을 20년 후에 읽었거나, 내가 10대 혹은 50대였어도 같은 감정을 느꼈으리라곤 상상할 수 없다. 오늘, 나와 비슷한 시절을 보냈을 그의 글들이기에 이토록 빠져들 수 있었을 것이다. 고전 문학을 읽을 땐 느끼기 힘든, 온 세포를 관통하는 듯한 공감을 불러일으키는 글을 시대적인 배경 차이 없이 읽을 수 있다는 게 새삼 고맙다.

운이 좋게도 지난 한 달 동안 자주 햇살 아래서 이 책을 읽었다. 의자에 자리를 잡고 앉아 남편에게 '보라색 책 좀 가져다 줘'라고 부탁하는 날이 많았다. 그에게 운동 코치 역할을 부탁하며 '나도 유머랑 섹스만 남은 꿈을 꾸고 싶어'라며 다짐했고, 어느 순간 눈이 새빨개지는 나를 보고 그가 왜 우느냐고 물어보면 '엄마가 보고 싶어서'라며 말끝을 흐렸다.

처음 이 책을 펼쳤을 때 떠오르던 '질투'라는 단어는 어느새 자취를 감췄다. 그 단어를 떠올리기엔 그녀의 이야기가 자주 슬펐고, 웃겼고, 힘겨웠기 때문이다. 중간 중간 숨을 멈추고 그녀의 고통을 상상해 본다. 매일 이야기를 이어 가는 고통 말이다. 책이 끝나갈 즈음엔 나도 모르게 응원하게 된다. 그녀도 나도 다른 작가들도 또래들도 여성들도 모두 잘 살아가기를 바란다.

동생 같은 책,이라고 하려다가 관뒀다. 그렇다기엔 선배 같은 구석이 너무 많았기 때문이다. 동료 같은 책이었다고 해 두고 싶다. 프리랜서로서의 동료, 백지 앞에서 고뇌하는 창작자로서의 동료, 여성으로서의 동료, 한국의 90년대생으로서의 동료. 무엇보다 자꾸 훔쳐보게 되고 따라 하고 싶은 동료다. 옷은 어디서 사는지, 요즘 읽고 있는 책은 무엇인지, 밤엔 무얼 하며 지내는지 자꾸 물어보고 싶은. 「일간 이슬아」의 새 시즌 오픈 소식이 들려왔다. 동료의 평안한 글쓰기를 응원한다.

나무의 든든한 철학을 새긴
책에서의 한 달

『나는 나무에게 인생을 배웠다』
우종영 | 메이븐 | 2019

오래오래 곁에 있고 싶어서

밴에서의 생활은 가볍고 좋았지만, 땅에 무언가를 심고 기르고 수확하는 일이 하고 싶어졌다. 큰 욕심 없이 소박하게 자연을 누릴 수 있는 땅을 사기로 마음먹고 남편과 함께 여기저기 땅을 보러 다녔다. 지리적 요건이 마음에 들면 가격이 비싸고, 값이 예산에 맞으면 큰 도로가 붙어 있는 등 딱히 여기다 싶은 땅이 보이지 않아 심란해지기 시작했다. 그러던 어느 날, "주변에 대중교통도 하나 없고 있는 거라곤 산뿐인 곳인데, 그래도 한번 보시겠어요?"라는 부동산 중개인의 전화에 약속 장소로 나갔다.

땅에 발을 디디자마자 우리 두 사람의 시선은 자연히 하늘로 향했다. 얼마 동안 그 자리에 있었는지 모를 크고 두꺼운 참나무들이 땅 전체를 휘감고 있었기 때문이다. 두 사람이 손을 뻗어도 다 감지 못할 만큼 두툼한 참나무들, 그 아래를 지키는 어린 참나무들과 자두나무가 땅의 절반 가까이를 차지하는 그 땅을 보자마자 우리가 살 곳임을 알았다.

나는 나무에 대해 잘 몰랐다. 별로 관심이 없었다고 하는 것이 맞겠다. 실내에서 살 수 있는 작은 과실수나 어린 식물들을 길러 본 게 전부고, 여름에 귀한 그늘을 빌리는 순간에만 나무에게 고마워하며 살았을 뿐이다. 그런데 땅을 감싸듯 늘어선 큰 참나무들을 보는 순간 그 존재감에 눈을 뗄 수 없었다.

해가 따뜻하게 났던 어느 오후, 남편과 나는 작은 돗자리를 깔고 누워 머리 위로 드리운 나무를 몇 시간 동안 바라만 보았다. 그런데 자세히 보고 있으려니, 빽빽하게 심어진 근처 전나무들이 바짝 말라 죽어 가고 있는 게 보였다. 지난여름 심하게 가뭄이 들었다더니 그 탓인가 보다. 무슨 일이 있어도 이 참나무들만큼은 오래오래 살게 해 주고 싶었다. 나무를 공부해야 했다. 나무에 대한 이런저런 책들을 찾아보다, 어떤 책 소개의 단어가 눈에 들어왔다. '나무 의사.' 보자마자 압도당했던 커다란 참나무처럼, 단번에 마음을 뺏겨 버렸다. 곧바로 전자책을 결제하고 책장을 계속해서 넘겨 보았다.

얼마간 읽고 나자, 나무를 보지 않고 살아온 지난 시간이 너무도 아까워졌다. 나무가 들려주는 이야기가 이따금 하늘을 올려다 봐야 할 만큼 매력적이어서, 30년을 나무 의사로 살아왔다는 저자에게 질투마저 드는 것이다. 그가 평생을 나무를 치료하고, 지키고, 심고, 공부하고, 바라보는 동안 함께 겪은 사람들의 이야기도 눈길을 끌었다.

한 번 읽고 끝낼 수 있는 무게의 책이 아니라는 직감이 왔다. 이 책에서 한 달을 살면서 나무를 공부하고 사랑하는 시간을 보내고 싶었다. 내가 나무를 아주 많이 사랑하게 되어 버려서, 나무도 나를 좋아한다고 느껴질 만큼. 나무를 아끼는 마음을 온몸에 새겨 두고 싶었다. 한 대상을 깊이 아끼고 사랑하는 마음을 가지고 살아갈 수 있다면 그이의 하루는 행복하다고 믿는다. 나도 한 달 동안 좀 더 행복해지고 싶다.

주어진 삶을 적극적으로 살아 내는 것

살면서 이런 것도 해 보다니

언젠가 남편이 차를 타고 가다 내게 물은 적이 있다. 나무를 껴안아 본 적이 있느냐고. 무슨 그런 싱거운 질문을 하느냐는 말을 하려다 멈칫했다. 당연히 있다고 하려는데 어떤 장면도 느낌도 전혀 기억나지 않는 것이다. "아니…" 작게 대답하고는 고개를 창밖으로 돌렸다. 나무를 껴안아 본 적이 없다는 것에 부끄러워 할 이유가 없음에도, 나도 모르게 굳어 버린 표정을 보이고 싶지 않았다.

　'살면서 나무 한 번 껴안아 보지 않고.' 가끔, 이런 것도 안 해 보고 살았나 싶으면서 스스로가 측은해지는 순간이 있다. 영화를 보거나 책을 읽다 '달빛 아래에서 마음껏 춤추기'나 '눈물 콧물 나올 때까지 눈싸움하기' 같은 별것 아니지만, 마음에 콕 박히는 장면이 등장하면 내겐 그런 기억이 없다는 걸 깨닫고 왠지 쓸쓸해진다.

이 책을 읽는 처음 며칠간이 그랬다. 여태껏 단 한 그루의 나무도 제대로 바라보지 않았고, 껴안아 보지도 않고 살아왔다는 것에 괜히 풀이 죽었다. '나무 의사'라는 존재를 단 한 번도 생각해 본 적이 없을 만큼 나무도 아플 수 있고, 또 치료할 수 있다는 당연한 생각을 하지 못했다는 게 민망했다.

며칠이 지나자 그 마음은 호기심에 자리를 내주었다. '나무 의사'의 이야기가 특별하게 느껴진 이유는 뭘까. 사람들은 보통 나무가 아파도 의사를 찾지 않는다. 죽게 내버려 두거나 뽑아내서 새 나무를 심으면 그만이라고 여긴다. 그런 와중에도 '나무를 치료해 주세요'라며 의사를 찾아오는 사람들. 그런 사람들의 사연은 남다르고 특별할 수밖에 없다. 비록 앞을 볼 수 없지만 나무가 아픈 것은 감지하는 할아버지, 알레르기 때문에 나무를 만질 때마다 약을 발라야 하는데도 나무가 좋다는 수녀님, 아픈 나무를 껴안고 자신의 아픔을 공유하는 미래의 숲 해설가까지.

나무의 아픔을 감지하고 마음을 내주는 사람들. 그들의 이야기엔 어떤 힘이 있다. 바라는 것 없이 그저 한 대상을 사랑하고 관심을 기울이는 일이 만들어 내는 힘.

세상을 '아직 살 만한 곳'으로 만드는 힘은 여기에 있다고 본다. 그런 힘을 가진 이야기들을 만날 때마다 난 책을 읽으며 살 수 있어서 다행이라고 여긴다. 타인의 인생 이야기를 깊이 들어 볼 기회가 많지 않은 환경에서 살면서도, 이렇게 다양한 사연들을 실컷 마주할 수 있게 해 준 책들. 책이 아니었다면 이들의 이야기가 나에게까지 전해질 수 있었을까. 그러니 이번 책도 한 달을 살아가기에 넘치도록 좋은 책이라고 안심할 수 있었다.

한 달 살기가 끝나도 책 속의 아름다운 장면들이 자주 마음에 떠오르길 바라 본다. 그 장면들을 기억하며 '살면서 이런 것도 해 보다니' 하고 슬쩍 웃을 수 있는 날이 많아졌으면.

나무 같은 사람

꾸역꾸역 버티는 삶에서 벗어나고자 직장도 그만두고 밴에서 산 지 3년이 지났다. 온몸과 정신이 바스라지는 듯한 매일은 사라졌지만, 여전히 무엇인가를 위해 버티는 중이라는 생각이 말과 표정에 묻어났다. 당장 오늘 먹고 살기 위해 노력하고, 가까운 미래를 고민하고, 노후를 준비하는 동시에 자기계발도 꾸준히 해야 하는 이 모든 과정이 있으니 말이다. 나와 남편은 지난 몇 달간 이 정체 모를 힘겨움 때문에 혼란스러웠다.

나름대로 최선을 다해 살아가고 있다고 생각하다가도 어느 순간 어깨에 힘이 쭉 빠지는 날이 찾아왔다. '뭐하러 최선을 다하는 거지? 누굴 위해서?' 갑자기 방향을 잃고 우뚝 멈춰 서게 되었던 날. 그날 이 문장을 만났다.

나무에게 있어 버틴다는 것은 주어진 삶을 적극적으로 살아 내는 것이고, 어떤 시련에도 결코 자신의 삶을 포기하지 않는 것이다.

그러고 보면 '나무 같은 사람' 하면 떠오르는 사람이 바로 이런 모습이었다. 흔히 이야기하는 우직함, 강건함 같은 이미지가 아니라 차분한 든든함이 있는 사람. 그런 이를 만날 때마다 그와 닮고 싶다고 생각하곤 했다. 그에겐 오늘을 살아갈 이유가 충분해 보였기 때문이다. '주어진 삶을 적극적으로 살아 내는 것.' 내가 타인에게 기대하는 동시에 스스로에게 알려 주고 싶은 삶의 방식이 이 한 줄에 담겨 있었다.

나무는 자신이 자랄 장소를 선택할 수 없다. 그저 최선을 다해 뿌리의 힘을 키우고 빛을 찾아 우듬지를 꺾어가며 자라날 뿐이다. 나는 지금껏 나무를 정적인 존재로만 여겨 왔다. 그저 한 자리에 있을 뿐, 그곳에 버티는 힘이 있을 것이라고는 생각해 본 적 없었다. 나를 둘러싼 커다란 나무들에 시선을 돌렸다. 자신에게 주어진 삶을 묵묵히 살아가는 존재들에 둘러싸여 나는 살아가고 있었구나. 그 묵묵한 삶이 내 곁에 너무나도 많았다는 걸 이제야 알았다. 크고 묵직한 참나무가 가득한 이 땅에 처음 발을 디딘 순간 느꼈던 든든함의 정체가 이것이었나 보다.

하루를 멀다 하고 땅을 찾아갔다. 몇십 년간 적극적으로 삶을 살아온 나무를 보며 책 속의 구절을 되뇌었다. '버팀의 시간.' 나무와 책이 내게 알려 주었다. 이제 우리에게 혼란의 시간은 없다고, 적극적으로 살아갈 시간만 남은 거라고 말이다.

아낌없이 사는 나무

우리 소유가 된 땅의 절반은 숲이다. 참나무와 소나무,

밤나무 등 여러 수종이 오랜 시간에 걸쳐 풍성하게 숲을 이룬 모습에 두 사람 다 경탄할 수밖에 없었다. 인간에게 무언가를 내주기 위해서가 아니라, 자신을 위해 치열하게 살아온 흔적들이 모인 숲을 우린 그대로 내버려 두기로 했다. 그러면서도 한편엔 '여기 나무들을 조금 베어 내면 작은 오두막 하나 더 지을 자리는 나오지 않을까' 하며 아까워하는 마음이 있었다. 그 마음을 한 달 내내 이 책이 달래 주었다.

『아낌없이 주는 나무』라는 유명한 동화 때문인지 나무는 모든 것을 내주기만 하는 존재로 알려져 있지만, 사실 나무가 하는 모든 행위는 자신을 위한 것이다. …하지만 매 순간 치열하게 살아온 흔적이 나무 자신뿐 아니라 다른 모든 것들을 이롭게 한다.

책을 읽으며 여러 번 나의 '인간적 시선'을 점검하게 된다. 인간의 입장에서 볼 때 나무는 이것저것 아낌없이 내주는 존재이지만 나무는 자신을 위한 일을 할 뿐이고, 그 결과 나무 자신과 다른 모든 생명을 이롭게 한다. 자신을 위한 행위가 주변을 이롭게 하는 일이 드문 존재는 아마도 세상에 인간뿐일 것이다. 자연은 그저 자신을 위한 일을 하되, 동시에 주변을 이롭게 한다. 거기에 선과 악은 없다.

그렇게 숲을 그대로 내버려 두기로 한 후 속이 편안해졌다. 우리 소유가 된 땅은 어쩔 수 없이 우리의 흔적이 이곳저곳 더해질 터이고, 우리를 위한 그 모든 일이 다른 것들을 이롭게 할지는 알 수 없다. 그렇다면 우리가 조금이라도 나무처럼 살아갈 수 있는 방법은 남은 숲을 그대로 두는 것일 테다.

오랫동안 머릿속을 흐릿하게 맴돌던 생각들이 책 속 구절에 가 내려앉았다. 자신을 위해 살며 동시에 주변을 이롭게 하는 삶. 나와 남편이 한동안 꿈꿔 온 삶의 모습이 명확하게 정리되는 순간이었다. 나무처럼 아낌없이 줄 수 있다면. 아니, 아낌없이 살 수 있다면.

선물로 남을 책 한 권

이번 책은 앞서 읽은 다른 책들과 달리 오디오북으로 몇 번 들었다. 전자책 리더기의 수명이 다하는 바람에 태블릿으로 책을 읽어야 했는데, 오래 읽으면 눈이 아팠기 때문이다. 라디오를 틀어 놓듯 책을 재생해 두고는 창밖의 나무들을 보면서 몇 시간을 보내곤 했다. 그렇게 나무를 보며 나무 이야기를 한 달간 듣다 보니 온종일 나무 생각만 하게 되었다는 게 작은 흠이랄까.

이번 책과 함께 살았던 한 달은 우리에게 조금 특별한 한 달이었는데, 바로 결혼식을 올렸기 때문이다. 남편과 상의 끝에 가까운 가족들만 초대해 식장과 식사를 모두 스스로 준비하기로 했다. 우리는 장신구를 즐겨 착용하는 편이 아니라 굳이 결혼반지를 새로 맞추는 게 의미가 없어 고민하던 차에, 남편이 지난봄 가지치기를 하고 남겨 둔 참나무 가지를 들고 왔다. '하나의 가지에서 두 개의 반지가 탄생하면 멋질 것 같아' 하고는 단정한 반지 한 쌍을 만들었다. 그 참나무 가지는 나와 남편이 땅을 사고 거기서 처음으로 자른 가지였는데, 필요에 의해 잘라 주었음에도 마음이 편하지 않아 가지고 있던 것이었다. 나무가 가득한 숲속 마을 작은 산장에 소박하게 마련한 결혼식장을 근처 숲에서 주워 온 나뭇가지와 솔방울, 나뭇잎, 나무 이끼 등으로 꾸몄고, 시청에서 혼인신고를 마치고 산장까지 차를 타는 대신 소풍 가듯이 함께 숲길을 걸었고, 가족들에겐 결혼 선물로 과일나무 묘목을 받았다.

나무가 만들어 준 우리의 특별한 날은 너무도 푸근했다. 이처럼 든든하고 아름다운 존재가 우리 주변에 가득하다는 걸 계속해서 알려 준 책 덕분에 어느 때보다도 특별한 마음으로 한 달을 보냈다. 우리에게 마치 결혼 선물처럼 찾아온 책이다.

첫날, 이 책에서 한 달을 살며 나무를, 나를, 주변 사람들을 사랑하며 행복하게 지내고 싶다고 바랐다. 책을 읽는 내내 저자가 나무를 사랑하는 마음, 주변 사람들을 사랑하는 마음, 자신의 삶을 사랑하는 마음을 계속 느낄 수 있었기에 지난 한 달이 행복했다.

책으로 사랑을 배웠다고 하면 잘 믿기지 않겠지만,

정말이다. 책으로 사랑하는 마음을 이어 가는 법을 배웠다. 사랑하는 마음을 이어 가기 위해서는 계속해서 들여다보고 궁금해해야 한다는 걸 나무 의사가, 책이, 나무가 내게 알려 주었다. 결혼식 다음 날 아침, 책 한 번, 바깥의 나무 한 번, 곁에서 곤히 자는 남편을 한 번 바라보며 작게 읊조렸다. 이 선물 같은 삶을 적극적으로, 아낌없이 살아가자고.

하루를 다르게
기억하고 싶어지는
책에서의 한 달

『이게, 행복이 아니면 무엇이지』

김혜령 | 웨일북 | 2018

언제부터 행복이 멀어졌을까

'행복하니?'를 '밥 먹었니?'만큼이나 자주 쓰던 때가 분명 있었는데, 어느새 행복이라는 말은 좀처럼 내 입 밖을 벗어나지 않게 되었다. 내게 행복하느냐고 묻는 이도 이젠 드물고, 나도 누군가가 행복한지 가늠하는 일이 줄었다. 마지막으로 편하게 '행복'이라는 단어를 쏟아낸 것이 언제였을까.

그러던 중 우연인 듯 운명인 듯 만난 『이게, 행복이 아니면 무엇이지』는 커트 보니것의 유명한 문장 "이게 행복이 아니면 무엇이 행복이랴"를 떠올리게 하며 나의 '행복'을 다시 생각하게 만들었다. 한동안 유행했던 '소확행'이라는 단어도 우물쭈물 겨우 내뱉던 내가 이 책을 편견 없이 끝까지 읽어낼 수 있을까?

이 책은 심리학을 전공한 작가가 심리학의 관점에서 '행복'을 분석하고, 이를 둘러싼 연구와 관련 도서, 개인적인 이야기를 풀어낸 책이다. 심리학 도서도 행복을 이야기하는 책도 모두 처음이다. 지금까지 철학이면서도 의학인 심리학이라는 분야는 내게 부담스럽고 어려웠던 게 사실인데, 한동안 담 쌓고 살았던 '행복'을 '심리학'으로 설명하는 책을 읽는다는 게 적잖이 도전으로 느껴졌다. 책을 제대로 읽기 전엔 이 책을 붙들고 한 달을 살게 될 일은 없을 거라고 장담해도 이상하지 않았다.

그러나 책을 천천히 한 번 쭉 읽고 나자, 이 책을 위해 한 달 살기를 고안해 낸 것인가 싶을 만큼 딱 맞는 책이었다. '행복'이라는 단 하나의 주제를 이야기하지만, 내용은 아주 방대했고 예상대로 난 철학적인 말들을 단박에 소화해 내지는 못했다. 그런데 신기하게도 지금까지 지나쳐 온 나의 '이것이 행복일까?' 하는 순간들에 책 속의 문장들을 대입할 수 있을 것 같았다. 행복이라는 말이 뭐 그렇게 어렵다고 그토록 꽁꽁 감추며 살아왔던 걸까. 그냥 '이것도 행복이겠지' 하는 마음으로 살았어도 결코 손해 보는 일은 없었을 텐데. 한 번 읽었을 뿐인데 행복이라는 말과의 거리감이 확 줄어든 게 느껴진다. 그럼 몇 번 더 읽으면, 아니 아예 한 달을 살게 되면 심리학이라는 분야와도 조금 가까워질 수 있을까.

마음이 가지 않을 거라고 확신했던 책도, 일단 책과

나를 한곳에 앉혀 놓고 시간을 보내면 분명 나를 위해 쓰인 듯한 이야기로 둔갑한다. 책의 묘미다. 책은 이야기 전부를 내 앞에 곧바로 내주지 않는다. 나를 향해 실타래를 풀듯 천천히 놓아 준다고 보는 게 맞을 것이다. 내게 꼭 필요한 이야기라고, 내가 책장을 넘기지 않는 한 더는 이야기를 이어 나갈 수 없으니 결국 나만을 위한 책이라고 작가가 설득하는 것만 같다. 이 책은 내가 실타래를 모두 푸는 것도 모자라 스웨터를 떴다가 다시 풀었다가 장갑을 떴다가 다시 풀기를 반복하고 싶도록 만들었다. 이 책에서 한 달을 살고 나면 그 끝엔 무엇이 만들어져 있을까?

존재로서의 삶을 만드는 여행

책이 천천히 건네는 말들

한국의 서점이나 도서관에 가면 책을 처음 대면하며 파악하는 시간을 좋아한다. 서문이 있으면 서문을 읽고, 목차를 읽는다. 가끔 목차, 그러니까 소제목들이 모여 있는 페이지가 그 자체로 한 편의 시와 같은 책을 만날 때가 있다.

이 책도 소제목이 참 예뻐서 좋았다. 책을 천천히 읽다가 입에 맴도는 소제목이 몇 개 있어서 다시 찾아 읽어 보았다. '때로 기억하고, 더러 잊으라', '슬픔을 나무라지 말라', '결코 당신을 다 알 수는 없지만', '사랑은 삶을 버티게 한다', '느린 것들에 보내는 찬사', '가장 막막할 때 가장 많이 자란다', '그 모든 고통에도 불구하고', '삶의 난이도를 조절할 수 없기에'.

내 하루를 좀 더 편안하게 해 줄 지침으로 삼고픈,

하나하나 기억해 두고 싶은 문장들이다. '우리는 고정된 상태로 만나지 않았다.' 이 문장을 나는 최근에야 알게 되었다. 남들에게 '난 이제 예전의 내가 아니야'라고 수없이 소리치고 싶었으면서, 정작 나는 상대를 늘 같은 사람으로 바라보았다. 그런 나를 와르르 무너뜨린 건 한 명의 친구였다. 언젠가 동창인 그를 우연히 마주쳤다. 내 기억 속의 그는 좋은 친구가 아니었다. 크게 싸운 적은 없지만 그렇다고 굳이 친해지고 싶지도 않은, 나와는 잘 맞지 않는 사람으로 기억하고 있었다. 그런데 그 친구는 가볍게 인사나 하고 지나치려던 나를 불러 세워 커피 한 잔을 사 주었다.

커피잔 위로 몇 마디가 지난 후, 그가 생각보다 유쾌하고 털털한 사람임에 놀랐다. 어릴 적 동성 친구들 간에는 편을 가르는 일이 빈번했는데, 그는 나의 반대편에 속하던 친구였고 당연히 그가 곱게 보이지만은 않았다. 어렸던 그가 나를 속상하게 하는 말이나 행동을 몇 번 하기도 했던 탓에 내 인생에 그와 친해질 일은 절대 없으리라 생각했다. 그렇게 몇 년의 시간이 흘렀고, 나도 그도 많이 다른 사람이 되어 있었다. 우리가 이렇게 말이 잘 통할 줄 누가 알았을까. 그도 내가 이런 생각을 가진 사람인 줄 몰랐다고 한다. '당연하지, 난 이제 그때의 내가 아닌걸.' 속으로 그렇게 말하고 나니 '그도 그때의 그가 아니구나. 사람들은 늘 변하고 있구나'라는 생각이 처음으로 들었다.

언제부턴가 무작정 사람을 멀리하고 원망하는 일이 줄었다. 인종차별을 하는 사람을 만나면 '나도 예전에 인종차별인 줄도 모르고 함부로 말하고 행동했던 적이 있는걸' 하며 그 사람의 변화를 믿는다. 남편이 내가 이해할 수 없는 말을 해서 속상하면 앞으로 그도 나도 더 단단한 관계를 이루는 쪽으로 변하리라 믿는다. '우리는 고정된 상태로 만나지 않았다'는 믿음이 내 하루를 좀 더 편안하게 만들어 준다.

하루를 좀 더 편안한 시선으로 보게 해 주는 소제목이 또 있다. '느린 것들에 보내는 찬사.' 나는 정말이지 느린 것들에 둘러싸여 산다. 느리게, 수고롭게. 지금 살고 있는 프랑스는 이런 수식어가 잘 어울리는 나라다. 처음엔 그게 너무 불편했다. 이사를 가려면 전기 회사, 부동산, 인터넷 회사에 편지를 써서 보내야 한다는 걸 알고는 기겁했다. 은행에 계좌를 열었는데 일주일이 넘어서야 체크카드와 비밀번호를 우편으로 보내 주었다. 처음

체류증을 갱신하러 갔더니 컴퓨터 작업은 거의 없고 산더미 같은 종이 서류와 한참을 씨름해야 했다. 한 친구는 내게 빌린 돈을 갚는다며 백지 수표에 금액을 써서 건네주었고, 은행에 수표를 보낸 후 열흘 정도가 지나서야 돈을 받을 수 있었다. 프랑스에선 새로운 계좌에 처음으로 인터넷 뱅킹 이체를 하려면 승인 기간이 일주일 가까이 걸린다.

무슨 일만 하려 하면 여기저기에 전화를 걸고, 편지를 써서 보내고, 답답한 마음에 직접 찾아갔더니 결국 '이 주소로 편지를 보내세요'라는 대답을 듣고 돌아오는 이곳이 불편했다. 그런데 이런 생활을 벌써 10년째 해오다 보니 나도 점점 적응이 되었다. 중요한 일이 생기면 일주일, 아니 한 달 전부터 미리 준비해 두는 게 당연해졌고, 이것저것 절차도 복잡하고 제대로 전산화가 되어 있지 않은 시스템에 대한 불만도 정보 유출 가능성이 적다는 안심으로 바뀌었다.

이렇게 느린 수고로움을 당연하게 받아들이게 된 내가 썩 마음에 든다. 느려서 좋은 것들을 알게 되었으니까. 그래서 '느림의 미학'에 관한 부분을 읽고 미소가 지어졌다. 나는 책을 천천히 여러 번 읽어야 제대로 이해하고 공감한 기분이 든다. 빨리 읽고 내용을 단번에 파악하는 사람이 대단하다고 생각하지만, 나는 그런 사람이 아니다. 오늘도 느릿느릿 같은 책을 읽고 또 읽으면서 천천히 책에 빠져드는 감각은, 나만이 아는 아주 특별한 장소가 생기는 것처럼 소중하다.

책이 선물해 준 시간이 고마웠다. 책에서 '행복은 강도가 아니라 빈도'라는 말이 나왔는데, 그렇다면 난 매일 조금씩 이 책을 읽으며 엄청난 수의 작은 행복을 적립하고 있는 거니까. 그저 매일 같은 책을 천천히 다시 읽어 나갈 뿐인데, 이게 참 좋다. 책을 읽는 내내 바깥엔 눈이 내렸다. 겁이 많아 곁에 오래 있지 않던 고양이도 날이 추워지니 내 무릎 위에 내내 머물렀다. 저번 달에 만든 사과 말랭이를 오물거리면서 책장이 사락사락 넘어가는 소리에 취한다. 책을 덮고 제목을 가만히 바라보았다. '이게, 행복이 아니면 무엇이지.' 오늘은 '때로 기억하고, 더러 잊으라'는 문장을 여러 번 되뇌었다. 망각의 힘을 믿으며, 하루 동안 켜켜이 쌓인 무거운 공기를 씻어 보낸다.

더 긴 행복을 위한 기록

연구를 시작할 시점에 자신이 행복하다고 보고한 사람
들은 그동안 어떤 객관적인 사건을 경험했는지에 큰 상
관없이 연구 종료 시점에도 행복감이 높았다. …그런 것
들을 우리가 어떻게 다루느냐, 받아들이느냐와 관련한
것이다.

객관적인 사건에 관계없이 내가 그것을 어떻게 다
루느냐에 나의 행복이 달렸다니. 가만 떠올려 보면 정말
로 그랬다. 올해엔 힘든 일도 많았지만 그만큼 혹은 그보
다 더 기쁜 일도 많았다. 그런데 한 해가 지난 후 내가 좀
더 행복해졌는지를 생각해 보면 딱히 그런 것 같지는 않
다. 그냥 늘 그렇듯 적당히 예민하고 가끔 세상에서 가장
불행하다고 느끼다가도, 어쩌다가 '오늘만 같아라' 하고
잠드는 날도 있다. 내년에 좋은 일만 가득하다고 해서 연
말의 내가 더 행복해져 있을 것 같지는 않다.

그렇게 생각하니 웃음이 난다. 현재 내 걱정의 대부
분은 내년에 일어날 일들이 잘될지, 운이 따라 줄지에 대
한 걱정들이다. 그런데 이 이론에 따르면 내년에 모든 일

들이 잘 풀려도 나는 연말에 또 같은 걱정을 하며 머리를 쥐어뜯고 있을 것이라고 한다. 그런다고 내가 행복해지는 것도 아닌데 말이다.

책을 읽는 것도 마찬가지. 책을 한 달간 읽는다고 행복해질지는 알 수 없다. 괜히 시간 낭비했다며 몇 달 전의 나를 원망할지도 모르고. 그러나 외로워서 시작했지만 결국 외로움으로 끝날지도 모르는 이 읽기를 계속해 보련다. 이 읽기를 받아들이는 내가 마지막에 어떤 사람이 되어 있을지 궁금하니까.

존재로서의 삶. 이를 위해 필요한 요소로는 책도 있지만 경험도 빼놓을 수 없겠다. 이 글을 쓰고 있는 오늘은 크리스마스이브, 온 가족이 모이는 명절이다. 프랑스의 설 전날이라고 할까. 보통 저녁을 함께 먹고 느지막이 서로가 준비한 선물을 주고받는다. 아이들은 괴성을 질러가며 포장지를 찢고, 어른들도 기분 좋게 선물을 구경하고 서로 감사를 나눈다. 그런데 이 순간을 위해 나와 남편은 지난 몇 달간 머리를 싸매야 했다. '무얼 선물할 것인가?'

우린 최대한 물질적이지 않은 선물을 준비하려고 애쓴다. 대신 함께 소원을 적은 풍등을 날리는 멋진 밤을 선물하기도 하고, 놀이공원에서의 하루를 선물하기도 하고, 다음 생일까지 매일 열어 볼 수 있는 메시지가 적힌 쪽지들이 가득 담긴 상자를 선물하기도 한다. 이런 경험의 기억은 분명 오래 남는다는 걸 알기 때문이다. 당장은 손에 잡히는 선물이 아니라 살짝 실망할 수도 있겠지만 이런 경험과 시간이 그들을 더 행복하게 만들어 주리라고 믿는다. 올해엔 조카 중 한 명에게 작은 선물과 함께 '원하는 날 함께 영화관 가기' 쿠폰을 주기로 했다. 남편을 무척 좋아하는 조카의 밝은 얼굴이 그려진다.

존재로서의 삶을 만드는 어떤 여행을 기억하는 방법 중 하나는 기록하는 것이다. 나는 원래 책을 읽고 서평이나 감상을 적는 편이 아니어서, 처음엔 짧게라도 매번 기록을 남겨 두는 게 고역이었다. 그런데 그 덕분에 지난 몇 달이 꽤 생생하게 기억난다. 남겨 둔 기록을 들춰 보면 이 책과의 한 달이 지났을 때 무슨 기분이었는지, 어디에서 읽었는지 신기하게도 곧바로 떠오르는 것이다.

깊은 인상을 남긴 사건은 더 가깝게 느껴 최근의 일로 기억할 수 있다. 인상적인 일이 늘어나면 늘어날수록 기억의 공간은 점차 커지고, 당연히 시간도 더 길게 느껴질 것이다.

「대화의 희열 2」라는 프로그램에서 신지혜 기자가 이 들려준 이야기가 있다. 자신은 매일 '오늘 처음 해 본 일'을 기록한다고 했다. 의외로 쓸 거리가 매일 생겨 놀랍다고. 당장 나도 오늘 처음 해 본 일을 떠올려 보자면, 사소하지만 '커피에 설탕 대신 아몬드유잼 한 스푼 넣기'가 있다. 이런 식으로 작고 쓸모없어 보이는 일들을 알아채고 기억하면 내년엔 더 길고 큰 한 해를 보낼 수 있지 않을까.

연말엔 더 나은 사람이 되어 있기를

"그래서, 행복이 뭔데?" 남편이 이번엔 무슨 책을 읽느냐기에 행복에 대한 책이라고 했더니 이렇게 물었다. "세 번째 읽는 거라며. 그럼 이제 행복이 뭔지 알겠네?" "몰라." 농담처럼 대답했지만 난 정말 모르겠다. 이 책을 세 번이나 읽었는데도 모르겠고, 열 번을 읽는다고 해서 속 시원하게 대답을 할 수 있을지도 모르겠다. '행복은

○○이다'라고 자신 있게 말하는 것도 조금 이상하다. 행복에 관한 책을 겨우 몇 번 읽었다고 해서 행복을 전부 알게 되는 건 말이 안 되니까.

행복에 대한 책이지만, 이 책도 절대 '행복은 ○○이다'라고 말하지 않는다. 꼭지의 마지막마다 등장하는 말들이 그 증거다. '…새로운 기쁨을 만들어 나가고 싶다', '…이 질문을 먼저 던져 볼 수 있다면 좋겠다', '…바로 여기에 있을 거라 위안해 본다', '…그 안에서, 시간에 쫓길 때는 몰랐던 즐거움을 찾을 수 있기를 진심으로 바란다'. 주로 이런 형태의 마지막 문장들을 마주하며 이 책을 여러 번 읽게 되어서 다행이라는 생각을 했다. 이 책은 읽을 때마다 머릿속에 엄청난 물음표들을 남긴다. 내 경험과 상황을 대입하고 떠올리며 어떤 의미가 있는지 자꾸만 찾아보게 된다. 왜 이 책을 읽는 데 유독 시간이 더 오래 걸리는지 궁금했는데, 바로 이게 이유였다.

책과 한 달의 마지막을 물음표에 둘러싸여 보냈다. 이제 이 책을 놓아줘야 한다니 조금 아쉽다. 늘 그렇듯 마지막 읽기는 애틋하고 조심스럽다. 게다가 이 책의 마지막과 함께 올해의 마지막도 앞두고 있다. 마지막이 많은 연말, 무언가 뭉클한 것을 가슴에 안고 책을 읽었다.

그래서 만약 당신이 사랑하는 누군가와 함께 있다면, 순간순간 스스로에게 이런 질문을 해 보았으면 좋겠다. '그 사람은 나를 더 나은 사람이 되고 싶게 하는가?' 아니, 어쩌면 그보다 이렇게 먼저 물어야 할 것 같다. '그 사람은 나로 인해서 더 나은 사람이 되고 싶어 하는가?'

읽을 때마다 시선이 오래 머물렀던 문장이다. 어쩐지 이 문장에 대한 이야기는 마지막으로 남겨 두고 싶었다. 남편도 그렇지만, 사랑하는 지인과 가족 모두에게 묻고 싶은 말이다. '당신은 나로 인해서 더 나은 사람이 되고 싶은가요?' 단 한 사람이라도 그렇다고 답해 준다면 뛸 듯이 기쁠 것이다. 내년엔, 정말로 그런 사람이 되고 싶다. 떠올리는 것만으로도 감사한 마음이 드는, 그런 사람이 되고 싶다.

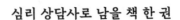

심리 상담사로 남을 책 한 권

크리스마스다 뭐다 연말 분위기에 휩쓸려서 그런지, 한 달이 금세 지났다. 한 달 살기를 시작하기 전, '이 책 덕분에 올해를 잘 마무리하고 내년을 더 기대할 수 있지 않을까'라고 썼었다. 나름대로 그런 연말을 맞이한 것 같다. 오직 이 책 덕분인지는 확실하지 않지만, 적어도 매일 아침 이 책으로 하루를 준비하는 기분은 꽤나 근사했다.

책이 또 너덜너덜해졌다. 재미있는 건, 내가 책을 이렇게 만든 게 아니라 책이 나를 어르고 달래고 상담해 주느라 기력을 다한 것처럼 보인다는 것이다. 정말이지 책이 나 때문에 한 달 동안 수고가 많았다. 하루는 자고 일어나자마자 속상한 소식을 접하고 눈물을 뚝뚝 흘렸다. 글자가 눈에 들어올까 싶었지만 기분 전환이라도 하고 싶어서 책을 펼쳤다. 슬플 땐 모든 노래 가사가 다 내 이야기 같다고 하던가. 책에 나오는 이야기가 모두 다 나를 위한 말 같았다. 다 읽고 나니 속은 개운해졌지만 눈물 콧물 닦아가며 읽은 탓에 책이 울룩불룩 일그러졌다.

다른 페이지엔 흙도 조금 묻어 있다. 오랜만에 해가 쨍하게 나서 바깥 벤치에 앉아 책을 읽는데 밖을 돌아다니던 고양이가 무릎 위로 올라와 자리를 잡았다. 책에 집중하다 보니 등을 쓸어주다 말다 했는데, 그게 불만이었던지 고양이가 책을 툭 쳐서 땅에 떨어뜨렸다. '네 온전한 행복이 당장 여기 있는데, 뭐하러 책을 들여다보고 있어?'라는 눈빛으로 나를 재촉했다. 책을 다시 주우려다 그냥 내버려 두기로 했다. 그러게, 내 온전한 행복이 여기 있는데. 책이 알려 주려는 것도 그 행복을 알아채라는 것인데 말이다.

가끔 '심리상담을 받아 보면 어떨까' 생각하곤 했다. 생활에 불편을 줄 만한 문제가 있는 것도 아니고, 누군가의 도움이 절실하게 필요한 것도 아니다. 그냥 그 상담이라는 시간 자체를 갖고 싶었던 것 같다. 누군가가 온전히 내 이야기를 들어 주고, 공감해 주고, 어떨 땐 해결방법도 함께 찾아 주는 시간. 이 책을 읽는 한 달 동안 그런 근사한 시간이 생긴 것 같아 좋았다. 책이 나를 위해 수고해 준 덕분에 '행복'이라는 단어와 조금 더 가까이 그리고 더 자주 지닐 수 있어서 마음 편히 보낸 이번 연말. 심리 상담사와 매일 아침 상담 예약을 해 둔 것만 같았던 한 달이었다. 이미 읽고 또 읽었지만, 가끔 상담소를 찾는 기분으로 다시 들춰 볼 책이다.

책이 불러낸
장면에서의 한 달

열한 권의 책이 남긴 것들

한 번 오래 머물렀던 여행지에 다시 가게 되는 일은 드물다. 시간과 비용을 들이는 김에 이왕이면 새로운 곳을 경험해 보고 싶을 것이다. 그런데 책은 언제든 다시 읽을 수 있다. 비행기표를 결제하기 전 머뭇거리지 않아도, 귀한 휴가를 내지 않아도 된다. 간직해 둔 책을 꺼내 주말 세 시간 정도만 들이면, 오랜 시간 기대 살았던 책에 다시 가 볼 수 있다.

그런 생각으로 시작했던 한 달 살기가 끝났다. 종이책들은 어느새 나달나달해졌고, 표지만 보아도 무수한 문장들이 겹쳐 오르는 전자책들도 단말기에 가지런히 담겼다. 이제 그동안 생각만 하고 미뤄 뒀던 새로운 책들을 꺼내 볼 차례이건만, 자꾸 눈에 밟힌다. 나의 열한 권의 책들이.

이제 내 책장과 노트엔 그 책들이 남긴 흔적들로 가득하다. 새로 샀거나 사고 싶은 책들의 목록은 대부분 한 달 살기를 했던 책들에 영향을 받아 만들었고, 새로 시작했거나 언젠가 하고 싶은 일들이 가득 적힌 노트도 역시, 그 책들이 만든 것이다. 책들이 만들어 준 책장과 노트를 곁에 두고 한 달 살기 책들을 마지막으로 방문하면 어떨까.

이번 한 달 동안엔 살았던 책들을 차례대로 다시 들르는 호화로운 여행을 해 보기로 했다. 그곳에서 책이 내게 남긴 흔적들을 꺼내 보고, 박연준 작가의 말처럼 나의 책들을 '잘 대접해서' 보내 주고 싶다.

불어난 책장, 빽빽해진 노트

#1. 좋으면 그것으로 된 것 아닌가요

『사적인 서점이지만 공공연하게』

처음 한 달을 살았던 책이 이 책이 아니었다면, 책에서 한 달 살기를 이렇게 오래 이어 가지 못했을 것이다. 평소 독서라는 행위에 어떤 규칙이나 시간을 정해 두는 것을 별로 내키지 않아 했다. 그러다 보니 '한 달 살기'라는 기준을 정해 두고 책을 읽는 것이 마음을 불편하게 하는 날들이 이어졌다.

그렇게 불안한 상태로 시작한 첫 달, 밑줄을 긋고 필사해 둔 흔적이 가득한 이 책을 다시 펼쳤다. "마음껏 시도해 보고, 좋으면 계속하고 아니면 과감하게 다른 선택을 해요." 한 달 살기라는 규칙이 있더라 하더라도 그 과정이 좋았으니 그것으로 된 것이라고, 책이 알려 주었다. 그 말을 첫 책에서 계속 되새기지 않았다면 얼마 후 불안한 의문 끝에 책에서 한 달 살기를 그만두었을지도 모르겠다.

"이렇게 좋은 걸 나만 알고 있다는 게 안타까웠다. 그래서 전하고 싶었다, 책과 만나면 삶이 얼마나 풍요로 워지는지를." 책 덕분에 풍요로운 삶을 이어갈 수 있는 하나의 방법을 놓치지 않을 수 있었다.

#2. 한 달로는 부족해요
『소란』

가장 더디게 읽었던 책을 고르라면 이 책이다. 그리고 읽 는 내내 가장 행복했던 책을 고르라고 해도 이 책이다. 시에 영 익숙지 않았던 내게 버거울 만큼 아름다운 시인 의 세계를 알려 준 산문집.

다시 읽어 보니 알겠다. 이 책을 제대로 읽기에 한 달은 부족하다. 욕심 나는 시인의 언어들을 제대로 흡수 하려면 1년은 더 살아 봐야 한다. 아니 그마저도 부족할 지 모르겠다. 게다가 이 책을 통해 알게 된 마르그리트 뒤라스 덕분에, 본의 아니게 읽고 허우적거릴 책이 한층 늘어나 버렸다.

이 책을 한동안 잊고 살다가 기억이 조금 희미해질 즈음 다시 읽어 보고 싶다. 마치 처음 읽는 것처럼. 처음이 책을 읽었을 때의 기분 좋은 충격을 다시 겪어 보고 싶다. "모든 처음은 자연스럽고, 어설퍼서 예쁘고, 단 한 번이라 먹먹하기도 하다. 처음은 자신이 처음인지도 모른 채 지나가 버린다. 처음은 가볍게 사라져서는 오래 기억된다." 정말 '처음'이 될 순 없겠지만 대신 누군가에게 처음으로 읽힐 이 책을 선물하며 살아갈 순 있겠지.

#3. 이제야 만났네요
『글쓰기의 최전선』

은유 작가를 처음 만나게 해 준 이 고마운 책을 오랜만에 다시 펼치니 기분이 조금 묘하다. 이 책은 내가 첫 책을 쓰며 글쓰기의 의미에 의문을 품을 때마다 나를 채찍질한 책이다. "글은 삶의 거울이다. 글은 삶을 배반하지 않는다. 그것이 글 쓰는 사람에게는 좌절의 지점이기도 하고 희망의 근거이기도 하다." 곳곳에 수업을 받아적듯 필사해 둔 흔적들로 빽빽하다.

이 책을 읽고 처음으로 르포르타주 문학에 관심을 가지기 시작했다. 그 인연으로 『유럽의 그림책 작가들에게 묻다』, 『대리사회』, 『출판하는 마음』 같은 책들을 만났다. 이렇게 내게 큰 울림으로 다가오는 장르의 책을 이제야 만나다니 하고 원통할 만큼 르포르타주 문학에 푹 빠져 지낼 수 있었던 소중한 1년이다.

이 책에서 한 달을 산 이후 내게 은유 작가는 '든든하고 멋진 사람'으로 자리했다. 그녀의 책들을 거의 다 찾아 읽으며 이 책들을 만날 수 있어 다행이라고 자주 생각했다. 이렇게 멋진 책에서 한 달을 살았다니, 나는 정말이지 운이 좋다.

#4. 이렇게 특별하고 멋진 세계가 있었다니
📖 『유럽의 그림책 작가들에게 묻다』

이 책에서 사는 한 달은 내게 인내의 시간이기도 했다. 읽으면 읽을수록 그림책을 펼쳐 보고 싶은 마음은 커져만 가는데 그 당시의 나는 알바니아의 한복판에 있었다. 결국 인터넷 서점의 미리보기 사진들로 만족해야 했다. 이번엔 이 책을 다시 읽기 전 동네서점에 잠깐 다녀왔다. 조카들을 위한 크리스마스 선물을 고를 때가 아니면 발을 들이지 않던 그림책 코너에 가서 쪼그려 앉았다. 그러다 '동심'이 어릴 때에만 존재하는 마음이라는 걸 믿지 않는다는 작가, 클로드 퐁티의 책 한 권을 발견했다.

손바닥 두 개 크기의 작고 얇은 책인데 한 페이지

도 금방 넘길 수 없었다. 숨은그림찾기를 하듯 구석구석 세밀한 부분까지 놓칠 수 없게 만드는 힘이 있었다. 집에 가서 편히 감상하리라 마음먹고 다른 작가의 책도 한 권 펼쳤는데 이번엔 완전히 다른 스타일이다. 글도 그림도 거의 없다. 나머지 장면은 독자 스스로 만들어 내라는 듯, 몇 개의 간결한 선만이 커다란 종이에 무심한 듯 그려져 있었다.

제각기 다른 모양과 크기, 화풍, 종이 재질 등 개성 넘치는 책들로 채워진 책장이 눈에 들어왔다. 『유럽의 그림책 작가들에게 묻다』 속 작가들에 푹 빠져 살지 않았다면 몰랐을 세계. 이렇게 특별하고 멋진 곳에 이제야 발을 들이다니. 앞으로 넓어질 나의 책의 세계가 더욱더 기대된다.

#5. 무엇이든 오래가려면
📖 『아무튼, 비건』

내 인생을 바꾼 책을 다시 마주하려니 조금 떨린다. 이 책은 내가 비건으로 살아가기 위한 다짐을 굳히고 기초를 공부하자는 마음으로 살았던 한 달의 집이었다. 실제로 한 달 동안 초보 비건의 결심과 취지를 시험하게 하는 일들을 자주 마주했고, 그때마다 이 책 속의 말들을 떠올리며 차분히 대응하려 애썼다.

　　이후 관련 서적을 눈에 보이는 대로 찾아 읽기 시작했다. 내가 주로 어울리는 프랑스인들과 제대로 말하기 위해 프랑스어로 된 책과 자료도 열심히 읽으며 용어를 익혔다. 그 후 식탁에서 서로를 불편하게 만드는 주제가 나오면 조금은 덜 상처받으며, 또 내 결심에 영향을 받지 않게 차분히 말할 수 있는 날이 늘었다. "물론 감정과 공감 능력은 굉장히 소중하지만, 무엇이든 오래가려면 철학, 논리, 정보, 과학으로 잘 뒷받침돼야 하는 법이다." 내가 아직도 행복하게 비건 생활을 이어 갈 수 있는 건, 처음 손을 꽉 잡아 준 이 책에서의 한 달이 있었기 때문이다. 나의 비건 라이프를 응원받고 있다는 든든한 마음으로 마지막 책장을 덮었다.

#6. 노동의 역할
　『대리사회』

다시 읽어 보니 이 책이 올해 내게 어떤 역할을 했는지 선명하게 보인다. 나와 타인의 노동을 대하는 자세를 생각하게 만들어 준 책. 내 주변은 노동으로 채워져 있고 그 노동 하나하나가 존중받아 마땅하다는 것을 잊지 않게 새겨 준 책이기도 하다.

무엇보다 노동을 건강한 시선으로 보게 되었다는 점이 무척 고맙다. "생존을 위한 투쟁은 그러한 사유로도 확장된다. 그렇게 경험한 삶의 문법이 잠시 스쳐 지나가는 대리가 아닌 온전한 주체로서 내 몸에 남을 것을 믿는다." 나를 지탱하고 사유하는 인간으로 만드는 것이 노동의 한 역할임을 이제야 제대로 인지한 것이다.

이후 『경찰관속으로』, 『죽은 자의 집 청소』 등 자신의 노동 이야기를 들려주는 책들을 몇 권 더 읽었다. 평소 목소리를 들어 본 적 없던 이들의 노동 이야기를 알아 간다는 것이 이렇게 마음이 채워지는 일인 줄 몰랐다. 계속해서 다른 노동의 목소리들을 수집하면서 노동 그 너머의 사람들을 자주 떠올리며 살고 싶다.

#7. 언어의 맛과 살아가기를
📖 『사라지는 번역자들』

이 책에서 살았던 한 달 동안의 노트를 다시 보니 프랑스 책을 갑자기 많이 찾아 읽었던 흔적이 눈에 띈다. 프랑스어를 처음 배우기 시작했을 때 느꼈던 언어의 맛을

이 책이 다시 상기시켜 주었다. 현재의 내 프랑스어 실력으로 편히 읽을 수 있는 책들부터 시작해 조금씩 복잡한 사유의 책으로 독서의 범위를 넓혔던 한 달. 노트 한편에 이렇게 써 놓았다. '언젠가 카뮈의 책도 원어로 읽을 수 있기를.'

　"담담하고 당당하게 읽으며 그냥 느끼는 독자의 능력을 믿는 수밖에"라고 이야기하는 번역가. 독자를 믿어 주는 든든한 번역가의 존재만으로 나를 둘러싼 언어의 세계가 한층 두꺼워지는 느낌이다. 언어 자체, 혹은 언어 너머의 세상을 유영하며 한국어와 프랑스어 그 사이에서 책과 함께 행복하게 살고 싶다.

#8. 그러니 사랑하지 않을 수 없다
　　📚『안녕, 동백숲 작은 집』

남편과 내가 상상했던 삶을 미리 살아 본 사람들의 이야기에 빠져 살았던 한 달의 노트가 빽빽하다. '우리도 화덕을 들여서 요리와 난방을 같이 해결해야지' 같은 도구적인 부분에서 '원칙을 고수하는 것보다 함께 어울려 잘 살아갈 방법을 찾아보자' 같은 보다 본질적인 부분으로 시선을 옮겨 가는 것이 보였다.

"결국 우리의 기준은 전기를 쓰느냐 안 쓰느냐가 아니라, 지금 이 순간의 행동이 나와 내 가족 그리고 주변 사람들을 행복하게 하는가 아닌가가 되어야 했다." 이 마음 하나만 잘 기억한다면 어떤 환경에서든 잘 살아갈 수 있을 것 같았다. 땅을 산 후 '어떻게 하면 친환경적으로 살아갈 수 있을까'에 지나치게 집착했던 계획들을 조금 내려놓고 좀 더 편안하게 우리 상황에 맞는 선택을 하기로 했다.

깊은 고민과 따뜻한 마음이 가득했던 책. 남편에게 책 속의 이야기를 끊임없이 들려주며 대화했던, 우리에게 특별한 의미를 가진 책. 다시 읽다 발견한 책 속 짧은 한 구절이 이 책을 바라보는 내 표정을 잘 말해 준다. "그러니 사랑하지 않을 수 없다."

#9. 겸손하고 씩씩하게
☞ 『심신 단련』

이 책에서 살았던 한 달의 흔적을 들춰 보다 나도 모르게 웃음이 나왔다. 조금 힘주어서 또박또박 쓴 필사의 흔적과 쉼 없이 읽어 나간 다른 책들의 기록 속에서 열심히 살고 싶어 하는 내가 보였기 때문이다.

책 속에서 만난 이슬아 작가는 참 부지런하고 똑바른 모습이었다. 그 모습이 좋아 나도 『여자는 체력』 같은 책을 찾아 읽으며 운동을 조금씩 시작했고, 『회사 체질이 아니라서요』 같은 책들 속에서 프리랜서로 더 단단하게 살아갈 방법을 찾기도 했다.

지금도 체력은 부족하고 단단한 프리랜서가 못 된다. 그래도, "나이를 먹어도 모르는 것을 계속 배우고 살고 싶다고 하마는 말했다. 그런 말을 들으면 계속해서 겸손하고 씩씩하게 살아가고 싶어진다. 내가 모르는 것과 배워야 할 것이 세상천지에 널려 있으니까"라고 말하는 이 책에서 살았던 한 달을 기억하는 한, 나는 앞으로도 씩씩하게 잘 살아갈 수 있을 것이다.

#10. 나이 든 자에게 필요한 것
☞ 『나는 나무에게 인생을 배웠다』

이 책은 내 아버지 연배인 작가의 시선을 읽을 수 있어서 색달랐던 기억이 난다. 최근엔, 특히 에세이를 읽을 땐 비슷한 세대의 여성 작가의 글들을 주로 읽은 까닭에 다른 세대의 목소리를 접할 기회가 많이 없었다. 좀 더 공감하기 쉬운 친숙한 내용과 문체를 찾다 보니, 중장

년 남성의 언어를 차츰 멀리하게 되었던 것이 사실이다. 그럼에도 이 책을 골랐던 건 '30년 경력의 나무 의사'라는 문구가 주는 힘이 컸기 때문이다. 어떤 일을 오랫동안 맡아 온 사람의 삶이 가진 힘도 묵직하게 느껴졌을 뿐만 아니라, 나무를 치료해 온 사람의 이야기라면 계속 들어 보고 싶었으니까.

"나이 든 자에게 필요한 것은 세월이 만들어 낸 빈 공간에 작은 들짐승과 곤충들을 품어 내는 주목나무의 자세가 아닐까." 나무 이야기가 궁금해서 고른 책이었는데 정작 나를 자주 상념에 빠지게 만든 건 '나이 듦'에 관한 것이었다. 나는 나무처럼 진중하게 주어진 삶을 살다 흔적을 덜 남기면서 사라질 수 있을까. 덤덤하게 내 노년과 죽음 이후를 떠올려 볼 기회가 별로 없었는데 이 책에서 사는 한 달 동안엔 끊임없이 이런 고민을 했다는 것을 지난 기록들이 보여 주었다.

이 책 이후로 겹겹이 쌓인 세월을 살아온 사람들의 이야기에 좀 더 열린 마음으로 귀를 기울이게 되었다. 오랜 시간 동안 자신의 일을 해 온 사람만이 낼 수 있는 목소리의 가치를 좀 더 알아 가고 싶다.

오랜만에 꺼낸 행복, 관계, 사랑에 관한 책을, 나는 그중 어느 것 하나 제대로 손에 쥐지 못했다고 자책하며 읽었다. 괜찮게 살아가는 방법을 조금 알았다고 생각하는 순간 작은 사건과 생각 하나에도 나는 너무나 쉽게 무너져 내린다. 책을 아무리 읽어도 막상 누군가 건네는 말 한마디에 어떻게 반응해야 할 줄 몰라 쩔쩔매고, 좋은 관계를 유지하기 위한 태도를 알았다고 자부하며 살다가도 불현듯 내가 옳게 살고 있는 것인지 의문이 드는 순간이 찾아온다.

다시 읽어도 역시 전부 내 것으로 소화하기는 무리다. 아니 애초에 불가능한 미션이었다. 자그마치 '행복'을 이야기하는 말들인데, 이 거대한 '행복'이라는 것을 어떻게 책으로 다 소화해 낸단 말인가.

이 책을 한 달 내내 읽었어도 난 여전히 사람 사이의 관계에 치이고, 눈앞에 놓인 작은 행복을 알아볼 줄 모르고, 사랑에 목말라하며 종종 상황을 악화시킨다. 다만, 다 읽고 나면 '그래도 삶은 살아 볼 만한 것이다'라는 생각에 호흡을 고르게 된다. 여전히 누구의 눈에도 보이지 않고 도달하기 어려운 것이 행복이지만, '삶. 이게, 행복이 아니면 무엇이지'라고 힘주어 말하는 작가의 기록에 기대어 다시 희망을 품는다. 지금 이게, 행복이 아니면 무엇이지.

나의 사랑하는 책들에게

우리의 첫 집이었던 밴에서도, 얼마 전 완성한 오두막에서도, 아침에 눈을 뜨자마자 가장 먼저 보이는 건 나의 사랑하는 책들이 꽂힌 책장이다. 눈을 뜬 후 얼마간 그 책들을 가만히 바라보는 시간이 하루 중 내게 가장 기분 좋은 시간이 되었다. 처음으로 가져 본, 한 권 한 권 소중하지 않은 책이 없는 작은 책장.

책 한 권을 한 달 내내 반복해서 읽는 행위는 사실 그리 특별한 일도 아니고, 그렇게 어렵지도, 자랑할 만한 일도 아니다. 우리가 선택한 삶의 방식도 그랬다. 화려한 여행과는 거리가 먼, 그저 이곳저곳에서 조그맣고 정성스럽게 삶을 살아 내는 게 전부였다. 오랜만에 만난 지인들이 여행 이야기를 좀 꺼내 보라고 하면 딱히 자랑할 만한 일이 없었다. 그 여행 같은 삶이 남긴 게 지금 우리의 모습 그 자체였으니까. 한 달을 산 책이 내게 남긴 것과 마찬가지로.

당장 읽을 책이 부족하니 일단 가지고 있는 책을 더 깊게 읽어 보면 어떨까 해서 시작한 책에서 한 달 살기. 나는 이제 모든 일에 진심을 다하는 것만큼 나를 행복하게 만들어 주는 일은 없다는 것을 안다. 그걸 내 사랑하는 책들이 알려 주었다.

책에서 한 달 살기

한 권의 책을 한 달 동안 읽으면 어떤 일이 일어날까?

초판1쇄 펴냄 2021년 01월 29일

지은이 하지희
펴낸이 유재건
펴낸곳 엑스북스
주소 서울시 마포구 와우산로 180, 4층
대표전화 02-334-1412 | **팩스** 02-334-1413
홈페이지 www.greenbee.co.kr
원고투고 및 문의 editor@greenbee.co.kr

주간 임유진 | **편집** 홍민기, 신효섭, 구세주 | **디자인** 권희원 | **마케팅** 유하나
물류유통 유재영, 한동훈 | **경영관리** 유수진

엑스북스(xbooks)는 (주)그린비출판사의 책읽기·글쓰기 전문 임프린트입니다.
책값은 뒤표지에 있습니다. 잘못 만들어진 책은 구입처에서 바꿔 드립니다.
ISBN 979-11-90216-41-8 03810

學問思辨行 독자의 학문사변행을 돕는 힘이 센 책

그린비 철학, 예술, 고전, 인문교양 브랜드
엑스북스 책읽기, 글쓰기에 대한 거의 모든 것
곰세마리 책으로 통하는 세대공감, 가족이 함께 읽는 책